銀河鉄道の夜

宮沢賢治・作
金井一郎・絵

一、午后《ごご》の授業《じゅぎょう》

「ではみなさんは、そういうふうに川《かわ》だと云《い》われたり、乳《ちち》の流《なが》れたあとだと云《い》われたりしていたこのぼんやりと白《しろ》いものがほんとうは何《なに》かご承知《しょうち》ですか。」先生《せんせい》は、黒板《こくばん》に吊《つ》るした大《おお》きな黒《くろ》い星座《せいざ》の図《ず》の、上《うえ》から下《した》へ白《しろ》くけぶった銀河帯《ぎんがたい》のようなところを指《さ》しながら、みんなに問《とい》をかけました。

カムパネルラが手《て》をあげました。それから四五人《しごにん》手《て》をあげました。ジョバンニも手《て》をあげようとして、急《いそ》いでそのままやめました。たしかにあれがみんな星《ほし》だと、いつか雑誌《ざっし》で読《よ》んだのでしたが、このごろはジョバンニはまるで毎日教室《まいにちきょうしつ》でもねむく、本《ほん》を読《よ》むひまも読《よ》む本《ほん》もないので、なんだかどんなこともよくわからないという気持《きも》ちがするのでした。

ところが先生《せんせい》は早《はや》くもそれを見附《みつ》けたのでした。

「ジョバンニさん。あなたはわかっているのでしょう。」

ジョバンニは勢《いきお》いよく立《た》ちあがりましたが、立《た》って見《み》るともうはっきりとそれを答《こた》えることができないのでした。ザネリが前《まえ》の席《せき》からふりかえって、ジョバンニを見《み》てくすっとわらいました。ジョバンニはもうどぎまぎしてまっ赤《か》になってしまいました。先生《せんせい》がまた云《い》いました。

「大《おお》きな望遠鏡《ぼうえんきょう》で銀河《ぎんが》をよっく調《しら》べると銀河《ぎんが》は大体何《だいたいなん》でしょう。」

やっぱり星《ほし》だとジョバンニは思《おも》いましたがこんどもすぐに答《こた》えることができませんでした。

先生《せんせい》はしばらく困《こま》ったようすでしたが、眼《め》をカムパネルラの方《ほう》へ向《む》けて、

「ではカムパネルラさん。」と名指《なざ》しました。するとあんなに元気《げんき》に手《て》をあげたカムパネルラが、やはりもじもじ立《た》ち上《あ》がったままやはり答《こた》えができませんでした。

先生《せんせい》は意外《いがい》なようにしばらくじっとカムパネルラを見《み》ていましたが、急《いそ》いで「では。よし。」と云《い》いながら、自分《じぶん》で星図《せいず》を指《さ》しました。

「このぼんやりと白《しろ》い銀河《ぎんが》を大《おお》きないい望遠鏡《ぼうえんきょう》で見《み》ますと、もうたくさんの小《ちい》さな星《ほし》に見《み》えるのです。ジョバンニさんそうでしょう。」

ジョバンニはまっ赤《か》になってうなずきました。けれどもいつかジョバンニの眼《め》のなかには涙《なみだ》がいっぱいになりました。そうだ僕《ぼく》は知《し》っていたのだ。勿論《もちろん》カムパネルラも知《し》っている、それはいつかカムパネルラのお父《とう》さんの博士《はかせ》のうちでカムパネルラといっしょに読《よ》んだ雑誌《ざっし》のなかにあったのだ。それどこでなくカムパネルラは、その雑誌《ざっし》を読《よ》むと、すぐお父《とう》さんの書斎《しょさい》から巨《おお》きな本《ほん》をもってきて、ぎんがというところをひろげ、まっ黒《くろ》な頁《ページ》いっぱいに白《しろ》い点々《てんてん》のある美《うつく》しい写真《しゃしん》を二人《ふたり》でいつまでも見《み》たのでした。それをカムパネルラが忘《わす》れる筈《はず》もなかったのに、すぐに返事《へんじ》をしなかったのは、このごろぼくが、朝《あさ》にも午后《ごご》にも仕事《しごと》がつらく、学校《がっこう》に出《で》てもうみんなともはきはき遊《あそ》ばず、カムパネルラともあんまり物《もの》を云《い》わないようになったので、カムパネルラがそれを知《し》って気《き》の毒《どく》がってわざと返事《へんじ》をしなかったのだ、そう考《かんが》えるとたまらないほど、じぶんもカムパネルラもあわれなような気《き》がするのでした。

先生《せんせい》はまた云《い》いました。

「ですからもしもこの天《あま》の川《がわ》がほんとうに川《かわ》だと考《かんが》えるなら、その一《ひと》つ一《ひと》つの小《ちい》さな星《ほし》はみんなその川《かわ》のそこの砂《すな》や砂利《じゃり》の粒《つぶ》にもあたるわけです。またこれを巨《おお》きな乳《ちち》の流《なが》れと考《かんが》えるならもっと天《あま》の川《がわ》とよく似《に》ています。つまりその星《ほし》はみな、乳《ちち》のなかにまるで細《こま》かにうかんでいる脂油《しゆ》の球《たま》にもあたるのです。そんなら何《なに》がその川《かわ》の水《みず》にあたるかと云《い》いますと、それは真空《しんくう》という光《ひかり》をある速《はや》さで伝《つた》えるもので、太陽《たいよう》や地球《ちきゅう》もやっぱりそのなかに浮《う》かんでいるのです。つまりは私《わたし》どもも天《あま》の川《がわ》の水《みず》のなかに棲《す》んでいるわけです。そしてその天《あま》の川《がわ》の水《みず》のなかから四方《しほう》を見《み》ると、ちょうど水《みず》が深《ふか》いほど青《あお》く見《み》えるように、天《あま》の川《がわ》の底《そこ》の深《ふか》く遠《とお》いところほど星《ほし》がたくさん集《あつ》まって見《み》えしたがって白《しろ》くぼんやり見《み》えるのです。この模型《もけい》をごらんなさい。」

先生《せんせい》は中《なか》にたくさん光《ひか》る砂《すな》のつぶの入《はい》った大《おお》きな両面《りょうめん》の凸《とつ》レンズを指《さ》しました。

「天《あま》の川《がわ》の形《かたち》はちょうどこんななのです。このいちいちの光《ひか》るつぶがみんな私《わたし》どもの太陽《たいよう》と同《おな》じようにじぶんで光《ひか》っている星《ほし》だと考《かんが》えます。私《わたし》どもの太陽《たいよう》がこのほぼ中《なか》ごろにあって地球《ちきゅう》がそのすぐ近《ちか》くにあるとします。みなさんは夜《よる》にこのまん中《なか》に立《た》ってこのレンズの中《なか》を見《み》まわすとしてごらんなさい。こっちの方《ほう》はレンズが薄《うす》いのでわずかの光《ひか》る粒即《つぶすなわ》ち星《ほし》しか見《み》えないのでしょう。こっちやこっちの方《ほう》はガラスが厚《あつ》いので、光《ひか》る粒即《つぶすなわ》ち星《ほし》がたくさん見《み》えその遠《とお》いのはぼうっと白《しろ》く見《み》えるというこれがつまり今日《こんにち》の銀河《ぎんが》の説《せつ》なのです。そんならこのレンズの大《おお》きさがどれ位《くらい》あるかまたその中《なか》のさまざまの星《ほし》についてはもう時間《じかん》ですからこの次《つぎ》の理科《りか》の時間《じかん》にお話《はな》しします。では今日《きょう》はその銀河《ぎんが》のお祭《まつり》なのですからみなさんは外《そと》へでてよくそらをごらんなさい。ではここまでです。本《ほん》やノートをおしまいなさい。」

そして教室中《きょうしつじゅう》はしばらく机《つくえ》の蓋《ふた》をあけたりしめたり本《ほん》を重《かさ》ねたりする音《おと》がいっぱいでしたがまもなくみんなはきちんと立《た》って礼《れい》をすると教室《きょうしつ》を出《で》ました。

二、活版所《かっぱんじょ》

ジョバンニが学校《がっこう》の門《もん》を出《で》るとき、同《おな》じ組《くみ》の七八人《しちはちにん》は家《いえ》へ帰《かえ》らずカムパネルラをまん中《なか》にして校庭《こうてい》の隅《すみ》の桜《さくら》の木《き》のところに集《あつ》まっていました。それはこんやの星祭《ほしまつり》に青《あお》いあかりをこしらえて川《かわ》へ流《なが》す烏瓜《からすうり》を取《と》りに行《い》く相談《そうだん》らしかったのです。

けれどもジョバンニは手《て》を大《おお》きく振《ふ》ってどしどし学校《がっこう》の門《もん》を出《で》て来《き》ました。すると町《まち》の家々《いえいえ》ではこんやの銀河《ぎんが》の祭《まつ》りにいちいの葉《は》の玉《たま》をつるしたりひのきの枝《えだ》にあかりをつけたりいろいろ仕度《したく》をしているのでした。

家《いえ》へは帰《かえ》らずジョバンニが町《まち》を三《みっ》つ曲《まが》ってある大《おお》きな活版処《かっぱんじょ》にはいってすぐ入口《いりぐち》の計算台《けいさんだい》に居《い》ただぶだぶの白《しろ》いシャツを着《き》た人《ひと》におじぎをして靴《くつ》をぬいで上《あ》がりますと、突《つ》き当《あた》りの大《おお》きな扉《と》をあけました。中《なか》にはまだ昼《ひる》なのに電燈《でんとう》がついてたくさんの輪転器《りんてんき》がばたりばたりとまわり、きれで頭《あたま》をしばったりラムプシェードをかけたりした人《ひと》たちが、何《なに》か歌《うた》うように読《よ》んだり数《かぞ》えたりしながらたくさん働《はたら》いて居《お》りました。

ジョバンニはすぐ入口《いりぐち》から三番目《さんばんめ》の高《たか》い卓子《テーブル》に座《すわ》った人《ひと》の所《ところ》へ行《い》っておじぎをしました。その人《ひと》はしばらく棚《たな》をさがしてから、

「これだけ拾《ひろ》って行《い》けるかね。」と云《い》いながら、一枚《いちまい》の紙切《かみき》れを渡《わた》しました。ジョバンニはその人《ひと》の卓子《テーブル》の足《あし》もとから一《ひと》つの小《ちい》さな平《ひら》たい函《はこ》をとりだして向《む》こうの電燈《でんとう》のたくさんついた、たてかけてある壁《かべ》の隅《すみ》の所《ところ》へしゃがみ込《こ》むと小《ちい》さなピンセットでまるで粟粒《あわつぶ》ぐらいの活字《かつじ》を次《つぎ》から次《つぎ》と拾《ひろ》いはじめました。青《あお》い胸《むね》あてをした人《ひと》がジョバンニのうしろを通《とお》りながら、

「よう、虫《むし》めがね君《くん》、お早《はよ》う。」と云《い》いますと、近《ちか》くの四五人《しごにん》の人《ひと》たちが声《こえ》もたてずこっちも向《む》かずに冷《つめ》たくわらいました。

ジョバンニは何《なん》べんも眼《め》を拭《ぬぐ》いながら活字《かつじ》をだんだんひろいました。

六時《ろくじ》がうってしばらくたったころ、ジョバンニは拾《ひろ》った活字《かつじ》をいっぱいに入《い》れた平《ひら》たい箱《はこ》をもういちど手《て》にもった紙《かみ》きれと引《ひ》き合《あ》わせてから、さっきの卓子《テーブル》の人《ひと》へ持《も》って来《き》ました。その人《ひと》は黙《だま》ってそ

れを受《う》け取《と》って微《かす》かにうなずきました。

ジョバンニはおじぎをすると扉《と》をあけてさっきの計算台《けいさんだい》のところに来《き》ました。するとさっきの白服《しろふく》を着《き》た人《ひと》がやっぱりだまって小《ちい》さな銀貨《ぎんか》を一《ひと》つジョバンニに渡《わた》しました。ジョバンニは俄《にわ》かに顔《かお》いろがよくなって威勢《いせい》よくおじぎをすると台《だい》の下《した》に置《お》いた鞄《かばん》をもっておもてへ飛《と》びだしました。それから元気《げんき》よく口笛《くちぶえ》を吹《ふ》きながらパン屋《や》へ寄《よ》ってパンの塊《かたまり》を一《ひと》つと角砂糖《かくざとう》を一袋《ひとふくろ》買《か》いますと一目散《いちもくさん》に走《はし》りだしました。

三、家《いえ》

ジョバンニが勢《いきお》いよく帰《かえ》って来《き》たのは、ある裏町《うらまち》の小《ちい》さな家《いえ》でした。その三《みっ》つならんだ入口《いりぐち》の一番《いちばん》左側《ひだりがわ》には空箱《あきばこ》に紫《むらさき》いろのケールやアスパラガスが植《う》えてあって小《ちい》さな二《ふた》つの窓《まど》には日覆《ひおお》いが下《お》りたままになっていました。

「お母《つか》さん。いま帰《かえ》ったよ。工合悪《ぐあいわる》くなかったの。」ジョバンニは靴《くつ》を脱《ぬ》ぎながら云《い》いました。

「ああ、ジョバンニ、お仕事《しごと》がひどかったろう。今日《きょう》は涼《すず》しくてね。わたしはずうっと工合《ぐあい》がいいよ。」

ジョバンニは玄関《げんかん》を上《あ》がって行《い》きますとジョバンニのお母《かあ》さんがすぐ入口《いりぐち》の室《へや》に白《しろ》い巾《きれ》を被《かぶ》って寝《やす》んでいたのでした。ジョバンニは窓《まど》をあけました。

「お母《つか》さん。今日《きょう》は角砂糖《かくざとう》を買《か》ってきたよ。牛乳《ぎゅうにゅう》に入《い》れてあげようと思《おも》って。」

「ああ、お前《まえ》さきにおあがり。あたしはまだほしくないんだから。」

「お母《つか》さん。姉《ねえ》さんはいつ帰《かえ》ったの。」

「ああ三《さん》時《じ》ころ帰《かえ》ったよ。みんなそこらをしてくれてね。」

「お母《つか》さんの牛乳《ぎゅうにゅう》は来《き》ていないんだろうか。」

「来《こ》なかったろうかねえ。」

「ぼく行《い》ってとって来《こ》よう。」

「ああ、あたしはゆっくりでいいんだからお前《まえ》さきにおあがり、姉《ねえ》さんがね、トマトで何《なに》かこしらえてそこへ置《お》いて行《い》ったよ。」

「ではぼくたべよう。」

ジョバンニは窓《まど》のところからトマトの皿《さら》をとってパンといっしょにしばらくむしゃむしゃたべました。

「ねえお母《っか》さん。ぼくお父《とう》さんはきっと間《ま》もなく帰《かえ》ってくると思《おも》うよ。」

「あああたしもそう思《おも》う。けれどもおまえはどうしてそう思《おも》うの。」

「だって今朝《けさ》の新聞《しんぶん》に今年《ことし》は北《きた》の方《ほう》の漁《りょう》は大《たい》へんよかったと書《か》いてあったよ。」

「ああだけどねえ、お父《とう》さんは漁《りょう》へ出《で》ていないかもしれない。」

「きっと出《で》ているよ。お父《とう》さんが監獄《かんごく》へ入《はい》るようなそんな悪《わる》いことをした筈《はず》がないんだ。この前《まえ》お父《とう》さんが持《も》ってきて学校《がっこう》へ寄贈《きぞう》した巨《おお》きな蟹《かに》の甲《こう》らだのとなかいの角《つの》だの今《いま》だってみんな標本室《ひょうほんしつ》にあるんだ。六年生《ろくねんせい》なんか授業《じゅぎょう》のとき先生《せんせい》がかわるがわる教室《きょうしつ》へ持《も》って行《い》くよ。一昨年《おととし》修学旅行《しゅうがくりょこう》で［以下数文字分空白］

「お父《とう》さんはこの次《つぎ》はおまえにラッコの上着《うわぎ》をもってくるといったねえ。」

「みんながぼくにあうとそれを云《い》うよ。ひやかすように云《い》うんだ。」

「おまえに悪口《わるくち》を云《い》うの。」

「うん、けれどもカムパネルラなんか決《けっ》して云《い》わない。カムパネルラはみんながそんなことを云《い》うときは気《き》の毒《どく》そうにしているよ。」

「あの人《ひと》はうちのお父《とう》さんとはちょうどおまえたちのように小《ちい》さいときからのお友達《ともだち》だったそうだよ。」

「ああだからお父《とう》さんはぼくをつれてカムパネルラのうちへもつれて行《い》ったよ。あのころはよかったなあ。ぼくは学校《がっこう》から帰《かえ》る途中《とちゅう》たびたびカムパネルラのうちに寄《よ》った。カムパネルラのうちにはアルコールラムプで走《はし》る汽車《きしゃ》があったんだ。レールを七《なな》つ組《く》み合《あ》わせると円《まる》くなってそれに電柱《でんちゅう》や信号標《しんごうひょう》もついていて信号標《しんごうひょう》のあかりは汽車《きしゃ》が通《とお》るときだけ青《あお》くなるようになっていたんだ。いつかアルコールがなくなったとき石油《せきゆ》をつかったら、罐《かま》がすっかり煤《すす》けたよ。」

「そうかねえ。」

「いまも毎朝《まいあさ》新聞《しんぶん》をまわしに行《い》くよ。けれどもいつでも家中《いえじゅう》まだしぃんとしているからな。」

「早《はや》いからねえ。」

「ザウエルという犬《いぬ》がいるよ。しっぽがまるで箒《ほうき》のようだ。ぼくが行《い》くと鼻《はな》を鳴《な》らしてついてくるよ。ずうっと町《まち》の角《かど》までついてくる。もっとついてくることもあるよ。今夜《こんや》はみんなで烏《からす》瓜《うり》のあかりを川《かわ》へながしに行《い》くんだって。きっと犬《いぬ》もついて行《い》くよ。」

「そうだ。今晩《こんばん》は銀河《ぎんが》のお祭《まつり》だねえ。」

「うん。ぼく牛乳《ぎゅうにゅう》をとりながら見《み》てくるよ。」

「ああ行《い》っておいで。川《かわ》へははいらないでね。」

「ああぼく岸《きし》から見《み》るだけなんだ。一時間《いちじかん》で行《い》ってくるよ。」

「もっと遊《あそ》んでおいで。カムパネルラさんと一緒《いっしょ》なら心配《しんぱい》はないから。」

「ああきっと一緒《いっしょ》だよ。お母《っか》さん、窓《まど》をしめて置《お》こうか。」

「ああ、どうか。もう涼《すず》しいからね。」

ジョバンニは立《た》って窓《まど》をしめお皿《さら》やパンの袋《ふくろ》を片附《かたづ》けると勢《いきお》いよく靴《くつ》をはいて「では一時間半《いちじかんはん》で帰《かえ》ってくるよ。」と云《い》いながら暗《くら》い戸口《とぐち》を出《で》ました。

四、ケンタウル祭《さい》の夜《よる》

ジョバンニは、口笛《くちぶえ》を吹《ふ》いているようなさびしい口《くち》付《つ》きで、檜《ひのき》のまっ黒《くろ》にならんだ町《まち》の坂《さか》を下《お》りて来《き》たのでした。

坂《さか》の下《した》に大《おお》きな一《ひと》つの街燈《がいとう》が、青白《あおじろ》く立派《りっぱ》に光《ひか》って立《た》っていました。ジョバンニが、どんどん電燈《でんとう》の方《ほう》へ下《お》りて行《い》きますと、いままでばけもののように、長《なが》くぼんやり、うしろへ引《ひ》いていたジョバンニの影《かげ》ぼうしは、だんだん濃《こ》く黒《くろ》くはっきりなって、足《あし》をあげたり手《て》を振《ふ》ったり、ジョバンニの横《よこ》の方《ほう》へまわって来《く》るのでした。

（ぼくは立派《りっぱ》な機関車《きかんしゃ》だ。ここは勾配《こうばい》だから速《はや》いぞ。ぼくはいまその電燈《でんとう》を通《とお》り越《こ》す。そうら、こんどはぼくの影法師《かげぼうし》はコムパスだ。あんなにくるっとまわって、前《まえ》の方《ほう》へ来《き》た。）

とジョバンニが思《おも》いながら、大股《おおまた》にその街燈《がいとう》の下《した》を通《とお》り過《す》ぎたとき、いきなりひるまのザネリが、新《あたら》しいえりの尖《とが》ったシャツを着《き》て電燈《でんとう》の向《む》こう側《がわ》の暗《くら》い小路《こうじ》から出《で》て来《き》て、ひらっとジョバンニとすれちがいました。

「ザネリ、烏瓜《からすうり》ながしに行《い》くの。」ジョバンニがまだそう云《い》ってしまわないうちに、

「ジョバンニ、お父《とう》さんから、らっこの上着《うわぎ》が来《く》るよ。」その子《こ》が投《な》げつけるようにうしろから叫《さけ》びました。

ジョバンニは、ばっと胸《むね》がつめたくなり、そこら中《じゅう》きぃんと鳴《な》るように思《おも》いました。

「何《なん》だい。ザネリ。」とジョバンニは高《たか》く叫《さけ》び返《かえ》しましたがもうザネリは向《む》こうのひばの植《う》わった家《いえ》の中《なか》にはいっていました。

「ザネリはどうしてぼくがなんにもしないのにあんなことを云《い》うのだろう。走《はし》るときはまるで鼠《ねずみ》のようなくせに。ぼくがなんにもしないのにあんなことを云《い》うのはザネリがばかなからだ。」

ジョバンニは、せわしくいろいろのことを考《かんが》えながら、さまざまの灯《あかり》や木《き》の枝《えだ》で、すっかりきれいに飾《かざ》られた街《まち》を通《とお》って行《い》きました。

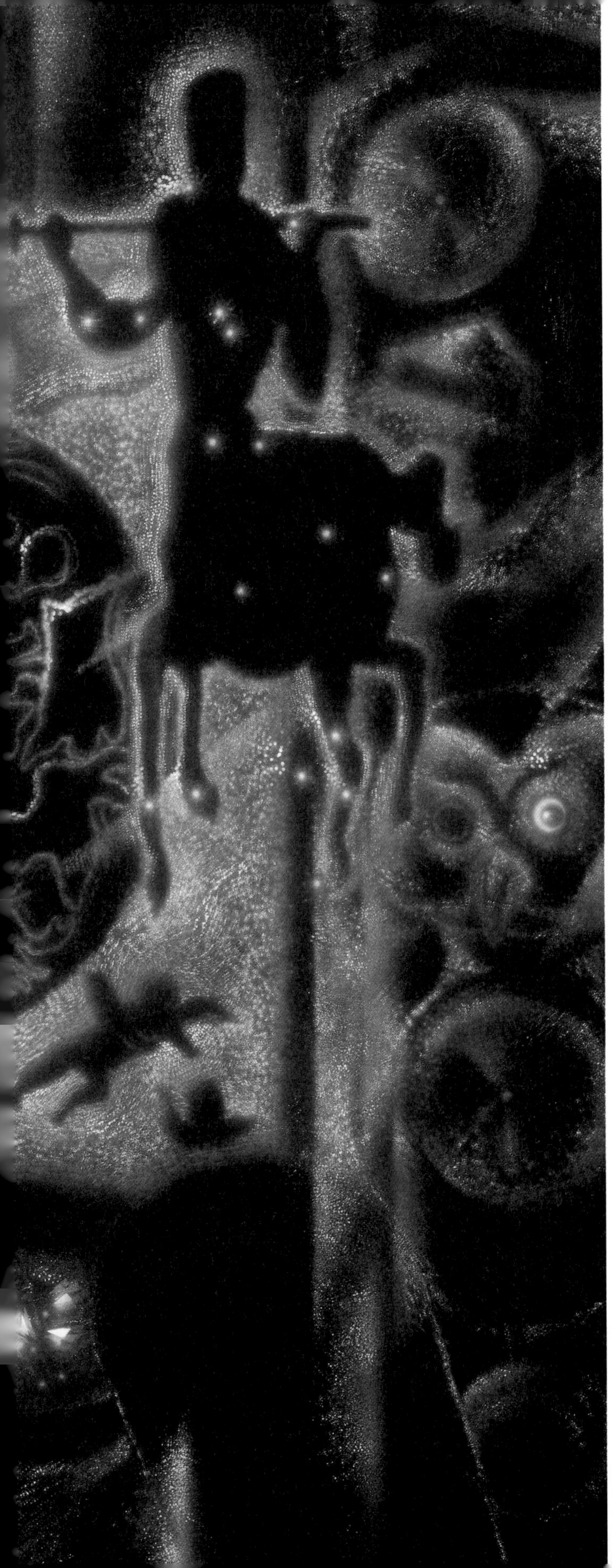

時計屋《とけいや》の店《みせ》には明《あか》るくネオン燈《とう》がついて、一秒《いちびょう》ごとに石《いし》でこさえたふくろうの赤《あか》い眼《め》が、くるっくるっとうごいたり、いろいろな宝石《ほうせき》が海《うみ》のような色《いろ》をした厚《あつ》い硝子《ガラス》の盤《ばん》に載《の》って星《ほし》のようにゆっくり循《めぐ》ったり、また向《む》こう側《がわ》から、銅《どう》の人馬《じんば》がゆっくりこっちへまわって来《き》たりするのでした。そのまん中《なか》に円《まる》い黒《くろ》い星座《せいざ》早見《はやみ》が青《あお》いアスパラガスの葉《は》で飾《かざ》ってありました。

ジョバンニはわれを忘《わす》れて、その星座《せいざ》の図《ず》に見入《みい》りました。

それはひる学校《がっこう》で見《み》たあの図《ず》よりはずうっと小《ちい》さかったのですがその日《ひ》と時間《じかん》に合《あ》わせて盤《ばん》をまわすと、そのとき出《で》ているそらがそのまま楕円形《だえんけい》のなかにめぐってあらわれるようになって居《お》りやはりそのまん中《なか》には上《うえ》から下《した》へかけて銀河《ぎんが》がぼうとけむったような帯《おび》になってその下《した》の方《ほう》ではかすかに爆《ばく》発《はつ》して湯気《ゆげ》でもあげているように見《み》えるのでした。またそのうしろには三本《さんぼん》の脚《あし》のついた小《ちい》さな望遠《ぼうえん》鏡《きょう》が黄《き》いろに光《ひか》って立《た》っていましたしいちばんうしろの壁《かべ》には空《そら》じゅうの星座《せいざ》をふしぎな獣《けもの》や蛇《へび》や魚《さかな》や瓶《びん》の形《かたち》に書《か》いた大《おお》きな図《ず》がかかっていました。ほんとうにこんなような蠍《さそり》だの勇士《ゆうし》だのそらにぎっしり居《い》るだろうか、ああぼくはその中《なか》をどこまでも歩《ある》いて見《み》たいと思《おも》ってたりしてしばらくぼんやり立《た》って居《い》ました。

それから俄《にわ》かにお母《かあ》さんの牛乳《ぎゅうにゅう》のことを思《おも》いだしてジョバンニはその店《みせ》をはなれました。そしてきゅうくつな上着《うわぎ》の肩《かた》を気《き》にしながらそれでもわざと胸《むね》を張《は》って大《おお》きく手《て》を振《ふ》って町《まち》を通《とお》って行《い》きました。

空気《くうき》は澄《す》みきって、まるで水《みず》のように通《とお》りや店《みせ》の中《なか》を流《なが》れましたし、街燈《がいとう》はみなまっ青《さお》なもみや楢《なら》の枝《えだ》で包《つつ》まれ、電気会社《でんきがいしゃ》の前《まえ》の六本《ろっぽん》のプラタヌスの木《き》などは、中《なか》に沢山《たくさん》の豆電燈《まめでんとう》がついて、ほんとうにそこらは人魚《にんぎょ》の都《みやこ》のように見《み》えるのでした。子《こ》どもらは、みんな新《あたら》しい折《おり》のついた着物《きもの》を着《き》て、星《ほし》めぐりの口笛《くちぶえ》を吹《ふ》いたり、

「ケンタウルス、露《つゆ》をふらせ。」と叫《さけ》んで走《はし》ったり、青《あお》いマグネシヤの花火《はなび》を燃《も》したりして、たのしそうに遊《あそ》んでいるのでした。けれどもジョバンニは、いつかまた深《ふか》く首《くび》を垂《た》れて、そこらのにぎやかさとはまるでちがったことを考《かんが》えながら、牛乳屋《ぎゅうにゅうや》の方《ほう》へ急《いそ》ぐのでした。

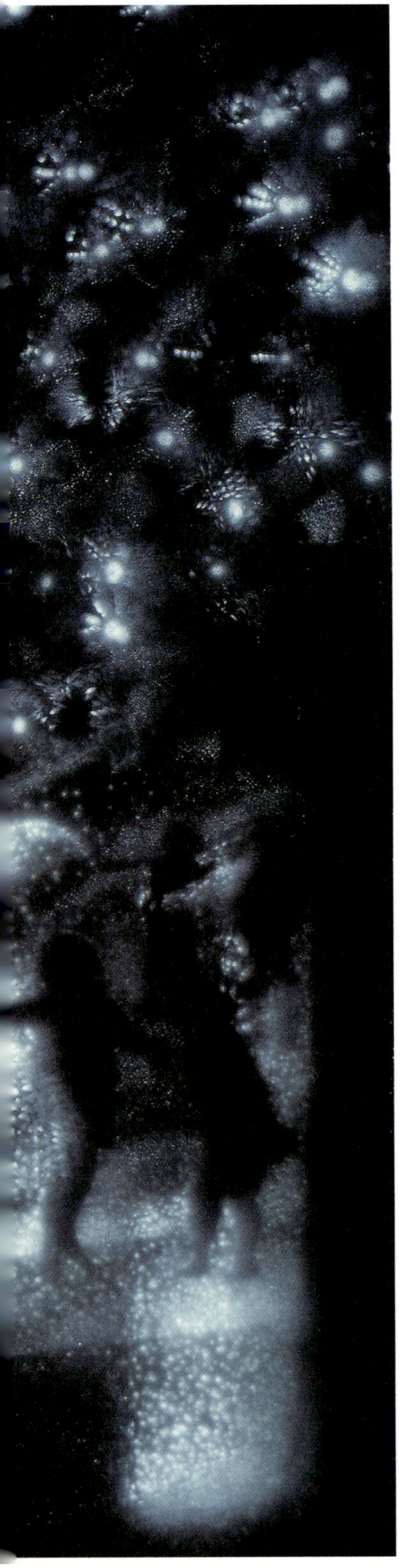

ジョバンニは、いつか町《まち》はずれのポプラの木《き》が幾本《いくほん》も幾本《いくほん》も、高《たか》く星《ほし》ぞらに浮《う》かんでいるところに来《き》ていました。その牛乳屋《ぎゅうにゅうや》の黒《くろ》い門《もん》を入《はい》り、牛《うし》の匂《におい》のするうすくらい台所《だいどころ》の前《まえ》に立《た》って、ジョバンニは帽子《ぼうし》をぬいで「今晩《こんばん》は、」と云《い》いましたら、家《いえ》の中《なか》はしぃんとして誰《たれ》も居《い》たようではありませんでした。

「今晩《こんばん》は、ごめんなさい。」ジョバンニはまっすぐに立《た》ってまた叫《さけ》びました。するとしばらくたってから、年老《としと》った女《おんな》の人《ひと》が、どこか工合《ぐあい》が悪《わる》いようにそろそろと出《で》て来《き》て何《なに》か用《よう》かと口《くち》の中《なか》で云《い》いました。

「あの、今日《きょう》、牛乳《ぎゅうにゅう》が僕《ぼく》んとこへ来《こ》なかったので、貰《もら》いにあがったんです。」ジョバンニが一生《いっしょう》けん命勢《めいいきお》いよく云《い》いました。

「いま誰《たれ》もいないでわかりません。あしたにして下《くだ》さい。」

その人《ひと》は、赤《あか》い眼《め》の下《した》のとこを擦《こす》りながら、ジョバンニを見《み》おろして云《い》いました。

「おっかさんが病気《びょうき》なんですから今晩《こんばん》でないと困《こま》るんです。」

「ではもう少《すこ》したってから来《き》てください。」その人《ひと》はもう行《い》ってしまいそうでした。

「そうですか。ではありがとう。」ジョバンニは、お辞儀《じぎ》をして台所《だいどころ》から出《で》ました。

十字《じゅうじ》になった町《まち》のかどを、まがろうとしましたら、向《む》こうの橋《はし》へ行《い》く方《ほう》の雑貨店《ざっかてん》の前《まえ》で、黒《くろ》い影《かげ》やぼんやりした白《しろ》いシャツが入《い》り乱《みだ》れて、六七人《ろくしちにん》の生徒《せいと》らが、口笛《くちぶえ》を吹《ふ》いたり笑《わら》ったりして、めいめい烏瓜《からすうり》の燈火《あかり》を持《も》ってやって来《く》るのを見《み》ました。その笑《わら》い声《ごえ》も口笛《くちぶえ》も、みんな聞《き》きおぼえのあるものでした。ジョバンニの同級《どうきゅう》の子供《こども》らだったのです。ジョバンニは思《おも》わずどきっとして戻《もど》ろうとしましたが、思《おも》い直《なお》して、一《いっ》そう勢《いきお》いよくそっちへ歩《ある》いて行《い》きました。

「川《かわ》へ行《い》くの。」ジョバンニが云《い》おうとして、少《すこ》しのどがつまったように思《おも》ったとき、

「ジョバンニ、らっこの上着《うわぎ》が来《く》るよ。」さっきのザネリがまた叫《さけ》びました。

「ジョバンニ、らっこの上着《うわぎ》が来《く》るよ。」すぐみんなが、続《つづ》いて叫《さけ》びました。ジョバンニはまっ赤《か》になって、もう歩《ある》いているかもわからず、急《いそ》いで行《い》きすぎようとしましたら、そのなかにカムパネルラが居《い》たのです。カムパネルラは気《き》の毒《どく》そうに、だまって少《すこ》しわらって、怒《おこ》らないだろうかというようにジョバンニの方《ほう》を見《み》ていました。

ジョバンニは、遁《に》げるようにその眼《め》を避《さ》け、そしてカムパネルラのせいの高《たか》いかたちが過《す》ぎて行《い》って間《ま》もなく、みんなはてんでに口笛《くちぶえ》を吹《ふ》きました。町《まち》かどを曲《ま》がるとき、ふりかえって見《み》ましたら、ザネリがやはりふりかえって見《み》ていました。そしてカムパネルラもまた、高《たか》く口笛《くちぶえ》を吹《ふ》いて向《む》こうにぼんやり見《み》える橋《はし》の方《ほう》へ歩《ある》いて行《い》ってしまったのでした。ジョバンニは、なんとも云《い》えずさびしくなって、いきなり走《はし》り出《だ》しました。すると耳《みみ》に手《て》をあてて、わああと云《い》いながら片足《かたあし》でぴょんぴょん跳《と》んでいた小《ちい》さな子供《こども》らは、ジョバンニが面白《おもしろ》くてかけるのだと思《おも》って、わあいと叫《さけ》びました。まもなくジョバンニは黒《くろ》い丘《おか》の方《ほう》へ急《いそ》ぎました。

五、天気輪《てんきりん》の柱《はしら》

牧場《ぼくじょう》のうしろはゆるい丘《おか》になって、
その黒《くろ》い平《たい》らな頂上《ちょうじょう》は、北《きた》の大熊星《おおぐまぼし》の下《した》に、
ぼんやりふだんよりも低《ひく》く連《つら》なって見《み》えました。
　ジョバンニは、もう
露《つゆ》の降《お》りかかった小《ちい》さな林《はやし》のこみちを、
どんどんのぼって行《い》きました。
まっくらな草《くさ》や、
いろいろな形《かたち》に見《み》えるやぶのしげみの間《あいだ》を、
その小《ちい》さなみちが、一《ひと》すじ
白《しろ》く星《ほし》あかりに照《て》らしだされてあったのです。
草《くさ》の中《なか》には、
ぴかぴか青《あお》びかりを出《だ》す小《ちい》さな虫《むし》もいて、
ある葉《は》は青《あお》くすかし出《だ》され、
ジョバンニは、
さっきみんなの持《も》って行《い》った
烏瓜《からすうり》のあかりのようだとも思《おも》いました。

そのまっ黒《くろ》な、松《まつ》や楢《なら》の林《はやし》を越《こ》えると、
俄《にわ》かにがらんと空《そら》がひらけて、
天《あま》の川《がわ》がしらしらと
南《みなみ》から北《きた》へ亘《わた》っているのが見《み》え、また
頂《いただき》の、天気輪《てんきりん》の柱《はしら》も見《み》わけられたのでした。
つりがねそうか野《の》ぎくかの花《はな》が、
そこらいちめんに、
夢《ゆめ》の中《なか》からでも薫《かお》りだしたというように咲《さ》き、
鳥《とり》が一疋《いっぴき》、丘《おか》の上《うえ》を
鳴《な》き続《つづ》けながら通《とお》って行《い》きました。
　ジョバンニは、頂《いただき》の天気輪《てんきりん》の柱《はしら》の下《した》に来《き》て、
どかどかするからだを、
つめたい草《くさ》に投《な》げました。
　町《まち》の灯《あかり》は、暗《やみ》の中《なか》を
まるで海《うみ》の底《そこ》のお宮《みや》のけしきのようにともり、
子供《こども》らの歌《うた》う声《こえ》や口笛《くちぶえ》、きれぎれの叫《さけ》び声《ごえ》も
かすかに聞《き》こえて来《く》るのでした。
風《かぜ》が遠《とお》くで鳴《な》り、丘《おか》の草《くさ》もしずかにそよぎ、
ジョバンニの汗《あせ》でぬれたシャツも
つめたく冷《ひ》やされました。
ジョバンニは町《まち》のはずれから
遠《とお》く黒《くろ》くひろがった野原《のはら》を見《み》わたしました。

そこから汽車《きしゃ》の音《おと》が聞《き》こえてきました。その小《ちい》さな列車《れっしゃ》の窓《まど》は一列《いちれつ》小《ちい》さく赤《あか》く見《み》え、その中《なか》にはたくさんの旅人《たびびと》が、苹果《りんご》を剝《む》いたり、わらったり、いろいろな風《ふう》にしていると考《かんが》えますと、ジョバンニは、もう何《なん》とも云《い》えずかなしくなって、また眼《め》をそらに挙《あ》げました。

あああの白《しろ》いそらの帯《おび》がみんな星《ほし》だというぞ。

ところがいくら見《み》ていても、そのそらはひる先生《せんせい》の云《い》ったような、がらんとした冷《つめ》たいとこだとは思《おも》われませんでした。それどころでなく、見《み》れば見《み》るほど、そこは小《ちい》さな林《はやし》や牧場《ぼくじょう》やらある野原《のはら》のように考《かんが》えられて仕方《しかた》なかったのです。そしてジョバンニは青《あお》い琴《こと》の星《ほし》が、三《みっ》つにも四《よっ》つにもなって、ちらちら瞬《またた》き、脚《あし》が何《なん》べんも出《で》たり引《ひ》っ込《こ》んだりして、とうとう蕈《きのこ》のように長《なが》く延《の》びるのを見《み》ました。またすぐ眼《め》の下《した》のまちまでがやっぱりぼんやりしたたくさんの星《ほし》の集《あつま》りか一《ひと》つの大《おお》きなけむりかのように見《み》えるように思《おも》いました。

六、銀河《ぎんが》ステーション

そしてジョバンニはすぐうしろの天気輪《てんきりん》の柱《はしら》がいつかぼんやりした三角標《さんかくひょう》の形《かたち》になって、しばらく螢《ほたる》のように、ぺかぺか消《き》えたりともったりしているのを見《み》ました。それはだんだんはっきりして、とうとうりんとうごかないようになり、濃《こ》い鋼青《こうじょう》のそらの野原《のはら》にたちました。いま新《あたら》しく灼《や》いたばかりの青《あお》い鋼《はがね》の板《いた》のような、そらの野原《のはら》に、まっすぐにすきっと立《た》ったのです。

するとどこかで、ふしぎな声《こえ》が、銀河《ぎんが》ステーション、銀河《ぎんが》ステーションと云《い》う声《こえ》がしたと思《おも》うといきなり眼《め》の前《まえ》が、ぱっと明《あか》るくなって、まるで億万《おくまん》の螢烏賊《ほたるいか》の火《ひ》を一《いっ》ぺんに化石《かせき》させて、そら中《じゅう》に沈《しず》めたという工合《ぐあい》、またダイアモンド会社《がいしゃ》で、ねだんがやすくならないために、わざと穫《と》れないふりをして、かくして置《お》いた金剛石《こんごうせき》を、誰《たれ》かがいきなりひっくりかえして、ばら撒《ま》いたという風《ふう》に、眼《め》の前《まえ》がさあっと明《あか》るくなって、ジョバンニは、思《おも》わず何《なん》べんも眼《め》を擦《こす》ってしまいました。

郵 便 は が き

おそれいりますが切手をおはりください。

581-8505

（受取人）

大阪府八尾市若林町1-76-2

三起商行株式会社

『ミキハウスの絵本』担当 行

ご記入いただいたお客様の個人情報は、三起商行株式会社の出版物刊行における企画の参考およびお客様への新刊情報やイベントなどのご案内の目的のみに利用いたします。他の目的では使用いたしません。ご案内などご不要の場合は、右の枠に×を記入してください。		□
お名前(フリガナ)	男 ・ 女 年令　　才	ミキハウスの絵本を他にお持ちですか？ YES ・ NO
お子様のお名前(フリガナ)	男 ・ 女 年令　　才	以前このハガキを出したことがありますか YES ・ NO
ご住所（〒　　　　）		
TEL（　　　）	FAX（　　　）	
メールアドレス　　@		

MIKI HOUSE

mH ミキハウスの絵本

（今後の出版活動に役立たせていただきます。）

ミキハウスの絵本をお買い上げいただき、誠にありがとうございます。
ご自身が読んでみたい絵本、大切な方に贈りたい絵本などご意見をお聞かせください。

お求めになった店名	この本の書名

この本をどうしてお知りになりましたか。

1．店頭で見て　2．ミキハウスオフィシャルサイトで　3．図書館で
4．新聞・雑誌・TVで見て（　　　　　　　　　　）
5．人からすすめられて　6．プレゼントされて
7．その他（　　　　　　　　　　）

この絵本についてのご意見・ご感想をおきかせ下さい。（装幀、内容、価格など）

最近おもしろいと思った本があれば教えて下さい。
（書名）　　　　　　（出版社）

お子様は（またはあなたは）絵本を何冊位お持ちですか。　　　冊位

ご協力ありがとうございました。

気《き》がついてみると、さっきから、ごとごとごとごと、ジョバンニの乗《の》っている小《ちい》さな列車《れっしゃ》が走《はし》りつづけていたのでした。ほんとうにジョバンニは、夜《よる》の軽便鉄道《けいべんてつどう》の、小《ちい》さな黄《き》いろの電燈《でんとう》のならんだ車室《しゃしつ》に、窓《まど》から外《そと》を見《み》ながら座《すわ》っていたのです。車室《しゃしつ》の中《なか》は、青《あお》い天鵞絨《びろうど》を張《は》った腰掛《こしか》けが、まるでがら明《あ》きで、向《む》こうの鼠《ねずみ》いろのワニスを塗《ぬ》った壁《かべ》には、真鍮《しんちゅう》の大《おお》きなぼたんが二《ふた》つ光《ひか》っているのでした。すぐ前《まえ》の席《せき》に、ぬれたようにまっ黒《くろ》な上着《うわぎ》を着《き》た、せいの高《たか》い子供《こども》が、窓《まど》から頭《あたま》を出《だ》して外《そと》を見《み》ているのに気《き》が付《つ》きました。そしてそのこどもの肩《かた》のあたりが、どうも見《み》たことのあるような気《き》がして、そう思《おも》うと、もうどうしても誰《たれ》だかわかりたくて、たまらなくなりました。いきなりこっちも窓《まど》から顔《かお》を出《だ》そうとしたとき、俄《にわ》かにその子供《こども》が頭《あたま》を引《ひ》っ込《こ》めて、こっちを見《み》ました。

それはカムパネルラだったのです。

ジョバンニが、カムパネルラ、きみは前《まえ》からここに居《い》たのと云《い》おうと思《おも》ったとき、カムパネルラが

「みんなはねずいぶん走《はし》ったけれども遅《おく》れてしまったよ。ザネリもね、ずいぶん走《はし》ったけれども追《お》いつかなかった。」と云《い》いました。

ジョバンニは、(そうだ、ぼくたちはいま、いっしょにさそって出掛《でか》けたのだ。)とおもいながら、

「どこかで待《ま》っていようか。」と云《い》いました。するとカムパネルラは

「ザネリはもう帰《かえ》ったよ。お父《とう》さんが迎《むか》いにきたんだ。」

カムパネルラは、なぜかそう云《い》いながら、少《すこ》し顔《かお》いろが青《あお》ざめて、どこか苦《くる》しいというふうでした。するとジョバンニも、なんだかどこかに、何《なに》か忘《わす》れたものがあるというような、おかしな気持《きも》ちがしてだまってしまいました。

ところがカムパネルラは、窓《まど》から外《そと》をのぞきながら、もうすっかり元気《げんき》が直《なお》って、勢《いきお》いよく云《い》いました。

「ああしまった。ぼく、水筒《すいとう》を忘《わす》れてきた。スケッチ帳《ちょう》も忘《わす》れてきた。けれど構《かま》わない。もうじき白《はく》鳥《ちょう》の停車場《ていしゃば》だから。ぼく、白鳥《はくちょう》を見《み》るなら、ほんとうにすきだ。川《かわ》の遠《とお》くを飛《と》んでいたって、ぼくはきっと見《み》える。」そして、カムパネルラは、円《まる》い板《いた》のようになった地図《ちず》を、しきりにぐるぐるまわして見《み》ていました。まったくその中《なか》に、白《しろ》くあらわされた天《あま》の川《がわ》の左《ひだり》の岸《きし》に沿《そ》って一条《いちじょう》の鉄道線路《てつどうせんろ》が、

南《みなみ》へ南《みなみ》へとたどって行《い》くのでした。そしてその地図《ちず》の立派《りっぱ》なことは、夜《よる》のようにまっ黒《くろ》な盤《ばん》の上《うえ》に、一一《いちいち》の停車場《ていしゃば》や三角標《さんかくひょう》、泉水《せんすい》や森《もり》が、青《あお》や橙《だいだい》や緑《みどり》や、うつくしい光《ひかり》でちりばめられてありました。ジョバンニはなんだかその地図《ちず》をどこかで見《み》たようにおもいました。

「この地図《ちず》はどこで買《か》ったの。黒曜石《こくようせき》でできてるねえ。」

ジョバンニが云《い》いました。

「銀河《ぎんが》ステーションで、もらったんだ。君《きみ》もらわなかったの。」

「ああ、ぼく銀河《ぎんが》ステーションを通《とお》ったろうか。いまぼくたちの居《い》るとこ、ここだろう。」

ジョバンニは、白鳥《はくちょう》と書《か》いてある停車場《ていしゃば》のしるしの、すぐ北《きた》を指《さ》しました。

「そうだ。おや、あの河原《かわら》は月夜《つきよ》だろうか。」

そっちを見《み》ますと、青白《あおじろ》く光《ひか》る銀河《ぎんが》の岸《きし》に、銀《ぎん》いろの空《そら》のすすきが、もうまるでいちめん、風《かぜ》にさらさらさらさら、ゆられてうごいて、波《なみ》を立《た》てているのでした。

「月夜《つきよ》でないよ。銀河《ぎんが》だから光《ひか》るんだよ。」ジョバンニは云《い》いながら、まるではね上《あ》がりたいくらい愉快《ゆかい》になって、足《あし》をこつこつ鳴《な》らし、窓《まど》から顔《かお》を出《だ》して、高《たか》く高《たか》く星《ほし》めぐりの口笛《くちぶえ》を吹《ふ》きながら一生《いっしょう》けん命延《めいの》びあがって、その天《あま》の川《がわ》の水《みず》を、見《み》きわめようとしましたが、はじめはどうしてもそれが、はっきりしませんでした。けれどもだんだん気《き》をつけて見《み》ると、そのきれいな水《みず》は、ガラスよりも水素《すいそ》よりもすきとおって、ときどき眼《め》の加減《かげん》か、ちらちら紫《むらさき》いろのこまかな波《なみ》をたてたり、虹《にじ》のようにぎらっと光《ひか》ったりしながら、声《こえ》もなくどんどん流《なが》れて行《い》き、野原《のはら》にはあっちにもこっちにも、燐光《りんこう》の三角標《さんかくひょう》が、うつくしく立《た》っていたのです。遠《とお》いものは小《ちい》さく、近《ちか》いものは大《おお》きく、遠《とお》いものは橙《だいだい》や黄《き》いろではっきりし、近《ちか》いものは青白《あおじろ》く少《すこ》しかすんで、或《ある》いは三角形《さんかくけい》、或《ある》いは四辺形《しへんけい》、あるいは電《いなずま》や鎖《くさり》の形《かたち》、さまざまにならんで、野原《のはら》いっぱい光《ひか》っているのでした。ジョバンニは、まるでどきどきして、頭《あたま》をやけに振《ふ》りました。するとほんとうに、そのきれいな野原中《のはらじゅう》の青《あお》や橙《だいだい》や、いろいろかがやく三《さん》角標《かくひょう》も、てんでに息《いき》をつくように、ちらちらゆれたり顫《ふる》えたりしました。

「ぼくはもう、すっかり天《てん》の野原《のはら》に来《き》た。」ジョバンニは云《い》いました。
「それにこの汽車石炭《きしゃせきたん》をたいていないねえ。」ジョバンニが左手《ひだりて》をつき出《だ》して窓《まど》から前《まえ》の方《ほう》を見《み》ながら云《い》いました。
「アルコールか電気《でんき》だろう。」カムパネルラが云《い》いました。
ごとごとごとごと、その小《ちい》さなきれいな汽車《きしゃ》は、そらのすすきの風《かぜ》にひるがえる中《なか》を、天《あま》の川《がわ》の水《みず》や、三角点《さんかくてん》の青《あお》じろい微光《びこう》の中《なか》を、どこまでもどこまでもと、走《はし》って行《い》くのでした。

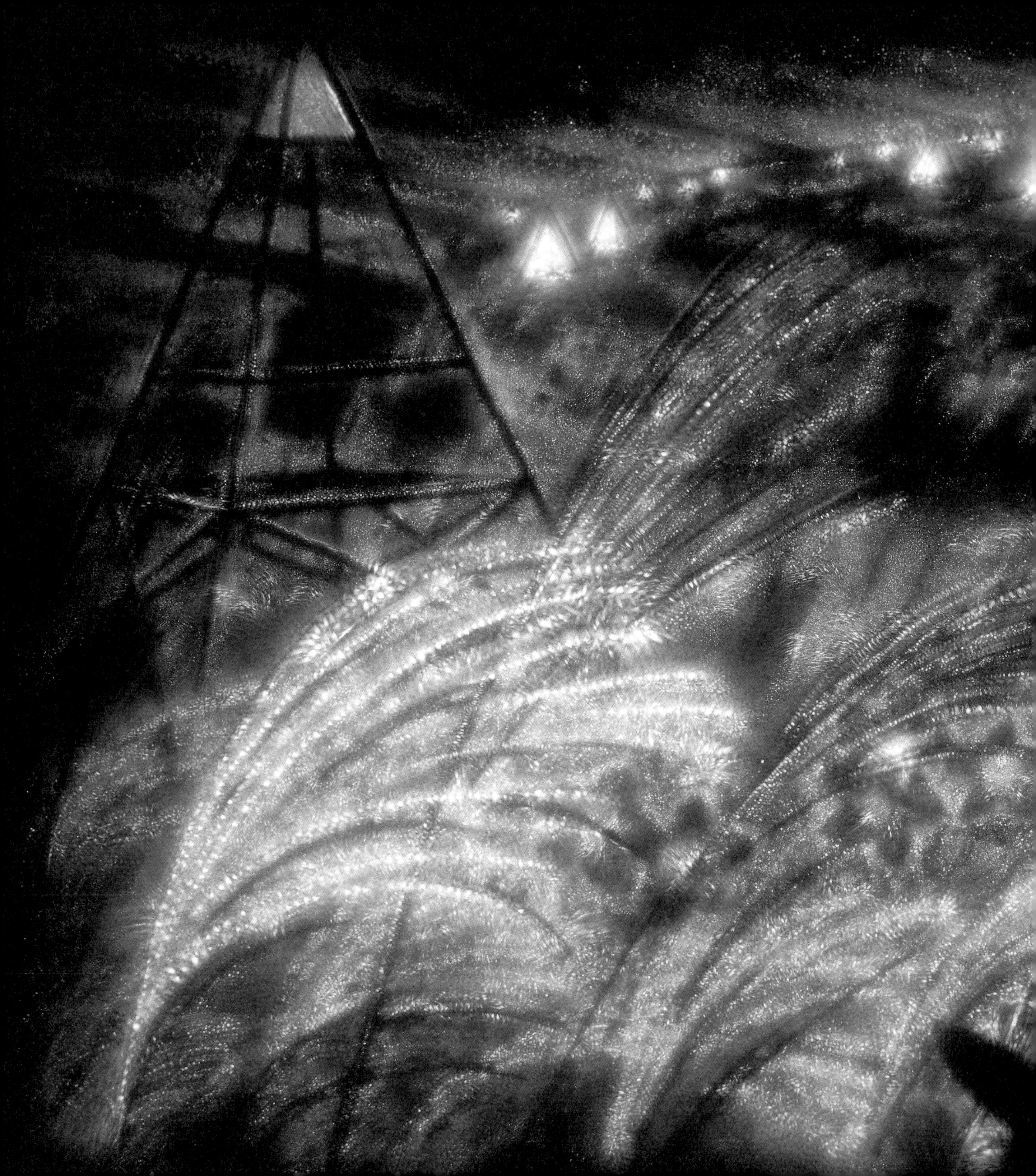

「ああ、りんどうの花《はな》が咲《さ》いている。もうすっかり秋《あき》だねえ。」カムパネルラが、窓《まど》の外《そと》を指《ゆび》さして云《い》いました。

線路《せんろ》のへりになったみじかい芝草《しばくさ》の中《なか》に、月長石《げっちょうせき》ででも刻《きざ》まれたような、すばらしい紫《むらさき》のりんどうの花《はな》が咲《さ》いていました。

「ぼく、飛《と》び下《お》りて、あいつをとって、また飛《と》び乗《の》ってみせようか。」ジョバンニは胸《むね》を躍《おど》らせて云《い》いました。

「もうだめだ。あんなにうしろへ行《い》ってしまったから。」

カムパネルラが、そう云《い》ってしまうかしまわないうち、次《つぎ》のりんどうの花《はな》が、いっぱいに光《ひか》って過《す》ぎて行《い》きました。

と思《おも》ったら、もう次《つぎ》から次《つぎ》から、たくさんのきいろな底《そこ》をもったりんどうの花《はな》のコップが、湧《わ》くように、雨《あめ》のように、眼《め》の前《まえ》を通《とお》り、三角標《さんかくひょう》の列《れつ》は、けむるように燃《も》えるように、いよいよ光《ひか》って立《た》ったのです。

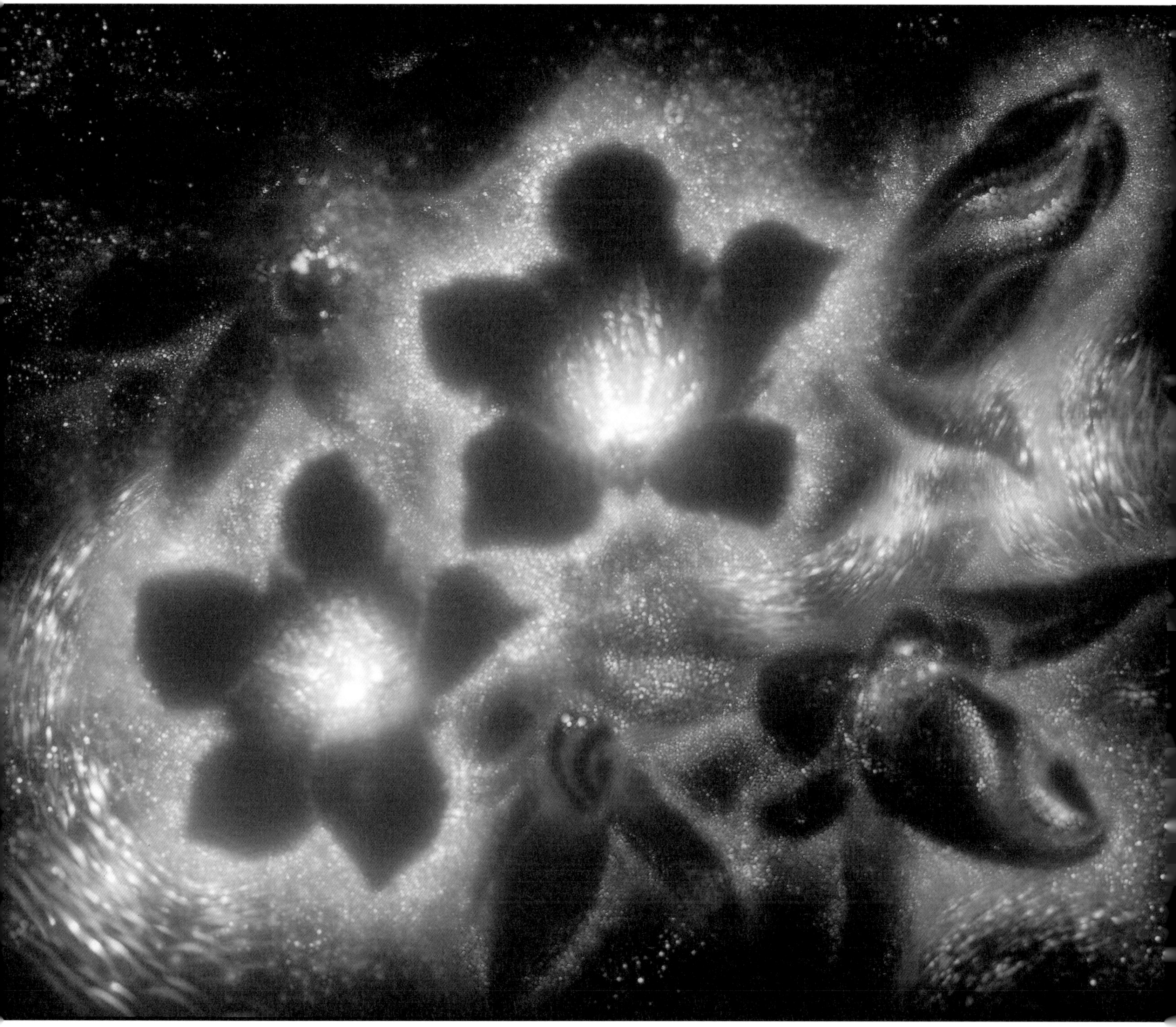

七、北十字《きたじゅうじ》とプリオシン海岸《かいがん》

「おっかさんは、ぼくをゆるして下《くだ》さるだろうか。」

いきなり、カムパネルラが、思《おも》い切《き》ったというように、少《すこ》しどもりながら、急《せ》きこんで云《い》いました。

ジョバンニは、

(ああ、そうだ、ぼくのおっかさんは、あの遠《とお》い一《ひと》つのちりのように見《み》える橙《だいだい》いろの三角標《さんかくひょう》のあたりにいらっしゃって、いまぼくのことを考《かんが》えているんだった。)と思《おも》いながら、ぼんやりしてだまっていました。

「ぼくはおっかさんが、ほんとうに幸《さいわい》になるなら、どんなことでもする。けれども、いったいどんなことが、おっかさんのいちばんの幸《さいわい》なんだろう。」カムパネルラは、なんだか、泣《な》きだしたいのを、一生《いっしょう》けん命《めい》こらえているようでした。

「きみのおっかさんは、なんにもひどいことないじゃないの。」ジョバンニはびっくりして叫《さけ》びました。

「ぼくわからない。けれども、誰《たれ》だって、ほんとうにいいことをしたら、いちばん幸《さいわい》なんだねえ。だから、おっかさんは、ぼくをゆるして下《くだ》さると思《おも》う。」カムパネルラは、なにかほんとうに決心《けっしん》しているように見《み》えました。

俄《にわ》かに、車《くるま》のなかが、ぱっと白《しろ》く明《あか》るくなりました。見《み》ると、もうじつに、金剛石《こんごうせき》や草《くさ》の露《つゆ》やあらゆる立派《りっぱ》さをあつめたような、きらびやかな銀河《ぎんが》の河床《かわどこ》の上《うえ》を水《みず》は声《こえ》もなくかたちもなく流《なが》れ、その流《なが》れのまん中《なか》に、ぼうっと青白《あおじろ》く後光《ごこう》の射《さ》した一《ひと》つの島《しま》が見《み》えるのでした。その島《しま》の平《たい》らないただきに、立派《りっぱ》な眼《め》もさめるような、白《しろ》い十字架《じゅうじか》がたって、それはもう凍《こお》った北極《ほっきょく》の雲《くも》で鋳《い》たといったらいいか、すきっとした金《きん》いろの円光《えんこう》をいただいて、しずかに永久《えいきゅう》に立《た》っているのでした。

「ハルレヤ、ハルレヤ。」前《まえ》からもうしろからも声《こえ》が起《お》こりました。ふりかえって見《み》ると、車室《しゃしつ》の中《なか》の旅人《たびびと》たちは、みなまっすぐにきもののひだを垂《た》れ、黒《くろ》いバイブルを胸《むね》にあてたり、水晶《すいしょう》の珠数《じゅず》をかけたり、どの人《ひと》もつつましく指《ゆび》を組《く》み合《あ》わせて、そっちに祈《いの》っているのでした。思《おも》わず二人《ふたり》もまっすぐに立《た》ちあがりました。カムパネルラの頬《ほお》は、まるで熟《じゅく》した苹果《りんご》のあかしのようにうつくしくかがや

いて見《み》えました。

そして島《しま》と十字架《じゅうじか》とは、だんだんうしろの方《ほう》へうつって行《い》きました。

向《む》こう岸《ぎし》も、青《あお》じろくぽうっと光《ひか》ってけむり、時々《ときどき》、やっぱりすすきが風《かぜ》にひるがえるらしく、さっとその銀《ぎん》いろがけむって、息《いき》でもかけたように見《み》え、また、たくさんのりんどうの花《はな》が、草《くさ》をかくれたり出《で》たりするのは、やさしい狐火《きつねび》のように思《おも》われました。

それもほんのちょっとの間《あいだ》、川《かわ》と汽車《きしゃ》との間《あいだ》は、すすきの列《れつ》でさえぎられ、白鳥《はくちょう》の島《しま》は、二度《にど》ばかり、うしろの方《ほう》に見《み》えましたが、じきもうずうっと遠《とお》く小《ちい》さく、絵《え》のようになってしまい、またすすきがざわざわ鳴《な》って、とうとうすっかり見《み》えなくなってしまいました。ジョバンニのうしろには、いつから乗《の》っていたのか、せいの高《たか》い、黒《くろ》いかつぎをしたカトリック風《ふう》の尼《あま》さんが、まん円《まる》な緑《みどり》の瞳《ひとみ》を、じっとまっすぐに落《お》として、まだ何《なに》かことばか声《こえ》かが、そっちから伝《つた》わって来《く》るのを、虔《つつし》んで聞《き》いているというように見《み》えました。旅人《たびびと》たちはしずかに席《せき》に戻《もど》り、二人《ふたり》も胸《むね》いっぱいのかなしみに似《に》た新《あたら》しい気持《きも》ちを、何気《なにげ》なくちがった語《ことば》で、そっと談《はな》し合《あ》ったのです。

「もうじき白鳥《はくちょう》の停車場《ていしゃば》だねえ。」

「ああ、十一時《じゅういちじ》かっきりには着《つ》くんだよ。」

早《はや》くも、シグナルの緑《みどり》の燈《あかり》と、ぼんやり白《しろ》い柱《はしら》とが、ちらっと窓《まど》のそとを過《す》ぎ、それから硫黄《いおう》のほのおのようなくらいぼんやりした転《てん》てつ機《き》の前《まえ》のあかりが窓《まど》の下《した》を通《とお》り、汽車《きしゃ》はだんだんゆるやかになって、間《ま》もなくプラットホームの一列《いちれつ》の電燈《でんとう》が、うつくしく規則正《きそくただ》しくあらわれ、それがだんだん大《おお》きくなってひろがって、二人《ふたり》は丁度《ちょうど》白鳥停車場《はくちょうていしゃば》の、大《おお》きな時計《とけい》の前《まえ》に来《き》てとまりました。

さわやかな秋《あき》の時計《とけい》の盤面《ダイアル》には、青《あお》く灼《や》かれたはがねの二本《にほん》の針《はり》が、くっきり十一時《じゅういちじ》を指《さ》しました。みんなは、一《いっ》ぺんに下《お》りて、車室《しゃしつ》の中《なか》はがらんとなってしまいました。

〔二十分停車《にじっぷんていしゃ》〕と時計《とけい》の下《した》に書《か》いてありました。

「ぼくたちも降《お》りて見《み》ようか。」ジョバンニが云《い》いました。

「降《お》りよう。」

二人《ふたり》は一度《いちど》にはねあがってドアを飛《と》び出《だ》して改札口《かいさつぐち》へかけて行《い》きました。ところが改札口《かいさつぐち》には、明《あか》るい紫《むらさき》がかった電燈《でんとう》が、一《ひと》つ点《つ》いているばかり、誰《たれ》も居《い》ませんでした。そこら中《じゅう》を見《み》ても、駅長《えきちょう》や赤帽《あかぼう》らしい人《ひと》の、影《かげ》もなかったのです。

二人《ふたり》は、停車場《ていしゃば》の前《まえ》の、水晶細工《すいしょうざいく》のように見《み》える銀杏《いちょう》の木《き》に囲《かこ》まれた、小《ちい》さな広場《ひろば》に出《で》ました。そこから幅《はば》の広《ひろ》いみちが、まっすぐに銀河《ぎんが》の青光《あおびかり》の中《なか》へ通《とお》っていました。

さきに降《お》りた人《ひと》たちは、もうどこへ行《い》ったか一人《ひとり》も見《み》えませんでした。二人《ふたり》がその白《しろ》い道《みち》を、肩《かた》をならべて行《い》きますと、二人《ふたり》の影《かげ》は、ちょうど四方《しほう》に窓《まど》のある室《へや》の中《なか》の、二本《にほん》の柱《はしら》の影《かげ》のように、また二《ふた》つの車輪《しゃりん》の輻《や》のように幾本《いくほん》も幾本《いくほん》も四方《しほう》へ出《で》るのでした。そして間《ま》もなく、あの汽車《きしゃ》から見《み》えたきれいな河原《かわら》に来《き》ました。

カムパネルラは、そのきれいな砂《すな》を一《ひと》つまみ、掌《てのひら》にひろげ、指《ゆび》できしきしさせながら、夢《ゆめ》のように云《い》っているのでした。

「この砂《すな》はみんな水晶《すいしょう》だ。中《なか》で小《ちい》さな火《ひ》が燃《も》えている。」

「そうだ。」どこでぼくは、そんなこと習《なら》ったろうと思《おも》いながら、ジョバンニもぼんやり答《こた》えていました。

河原《かわら》の礫《こいし》は、みんなすきとおって、たしかに水晶《すいしょう》や黄玉《トパース》や、またくしゃくしゃの皺曲《しゅうきょく》をあらわしたのや、また稜《かど》から霧《きり》のような青白《あおじろ》い光《ひかり》を出《だ》す鋼玉《こうぎょく》やらでした。ジョバンニは、走《はし》ってその渚《なぎさ》に行《い》って、水《みず》に手《て》をひたしました。けれどもあやしいその銀河《ぎんが》の水《みず》は、水素《すいそ》よりももっとすきとおっていたのです。それでもたしかに流《なが》れていたことは、二人《ふたり》の手首《てくび》の、水《みず》にひたったとこが、少《すこ》し水銀《すいぎん》いろに浮《う》いたように見《み》え、その手首《てくび》にぶっつかってできた波《なみ》は、うつくしい燐光《りんこう》をあげて、ちらちらと燃《も》えるように見《み》えたのでもわかりました。

川上《かわかみ》の方《ほう》を見《み》ると、
すすきのいっぱいに生《は》えている崖《がけ》の下《した》に、
白《しろ》い岩《いわ》が、まるで運動場《うんどうじょう》のように
平《たい》らに川《かわ》に沿《そ》って出《で》ているのでした。
そこに小《ちい》さな五六人《ごろくにん》の人《ひと》かげが、
何《なに》か掘《ほ》り出《だ》すか埋《う》めるかしているらしく、
立《た》ったり屈《かが》んだり、時々《ときどき》なにかの道具《どうぐ》が、
ピカッと光《ひか》ったりしました。

「行《い》ってみよう。」

二人《ふたり》は、まるで一度《いちど》に叫《さけ》んで、
そっちの方《ほう》へ走《はし》りました。
その白《しろ》い岩《いわ》になった処《ところ》の入口《いりぐち》に、
〔プリオシン海岸《かいがん》〕という、
瀬戸物《せともの》のつるつるした標札《ひょうさつ》が立《た》って、
向《む》こうの渚《なぎさ》には、ところどころ、
細《ほそ》い鉄《てつ》の欄干《らんかん》も植《う》えられ、
木製《もくせい》のきれいなベンチも置《お》いてありました。

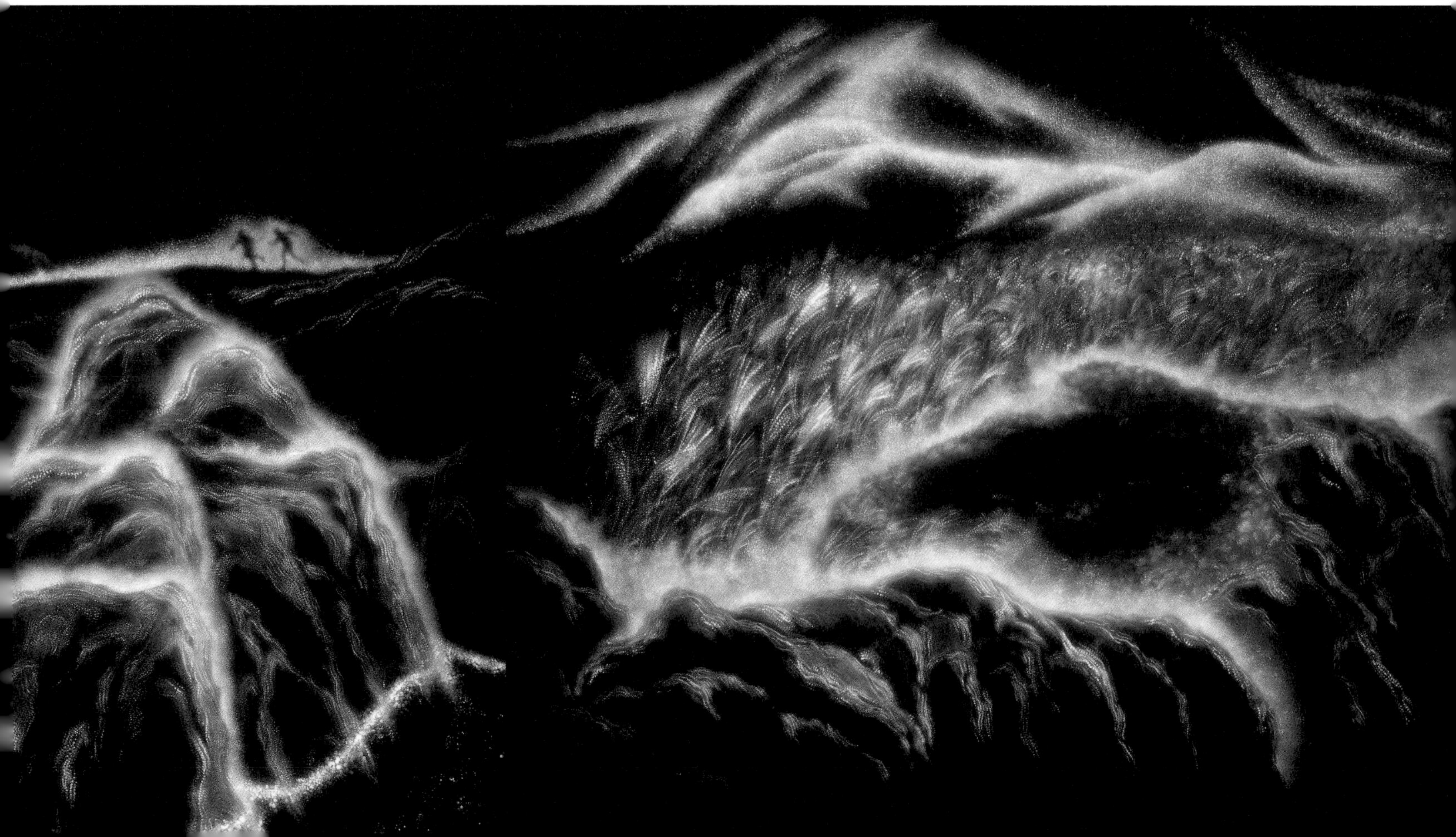

「おや、変《へん》なものがあるよ。」
カムパネルラが、不思議《ふしぎ》そうに立《た》ちどまって、
岩《いわ》から黒《くろ》い細長《ほそなが》いさきの尖《とが》った
くるみの実《み》のようなものをひろいました。
「くるみの実《み》だよ。そら、沢山《たくさん》ある。
流《なが》れて来《き》たんじゃない。
岩《いわ》の中《なか》に入《はい》ってるんだ。」
「大《おお》きいね、このくるみ、倍《ばい》あるね。
こいつはすこしもいたんでない。」
「早《はや》くあすこへ行《い》って見《み》よう。
きっと何《なに》か掘《ほ》ってるから。」
二人《ふたり》は、
ぎざぎざの黒《くろ》いくるみの実《み》を持《も》ちながら、
またさっきの方《ほう》へ近《ちか》よって行《い》きました。
左手《ひだりて》の渚《なぎさ》には、
波《なみ》がやさしい稲妻《いなずま》のように燃《も》えて寄《よ》せ、
右手《みぎて》の崖《がけ》には、いちめん
銀《ぎん》や貝殻《かいがら》でこさえたような
すすきの穂《ほ》がゆれたのです。

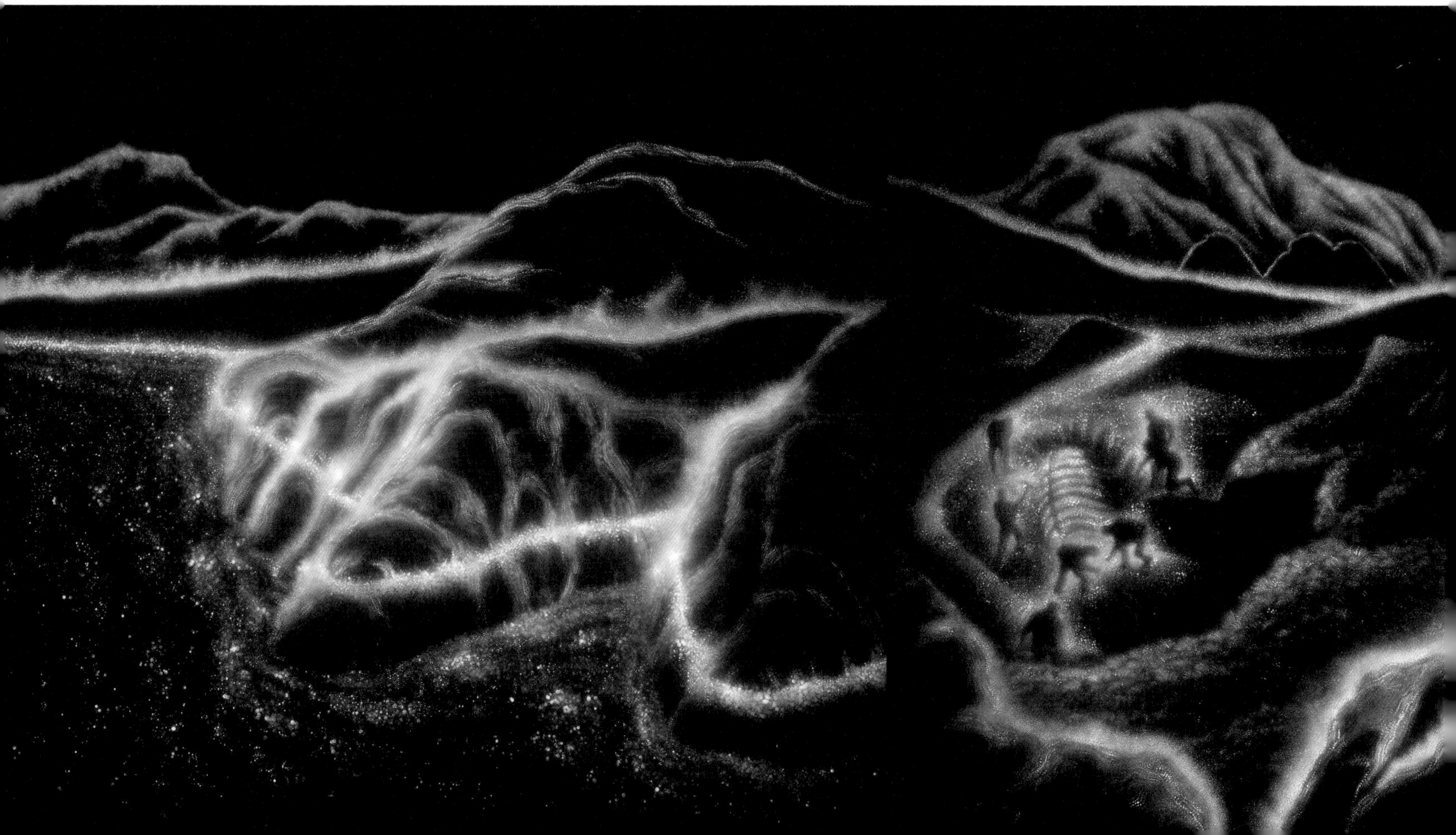

だんだん近《ちか》付《づ》いて見《み》ると、一人《ひとり》のせいの高《たか》い、ひどい近眼鏡《きんがんきょう》をかけ、長靴《ながぐつ》をはいた学者《がくしゃ》らしい人《ひと》が、手帳《てちょう》に何《なに》かせわしそうに書《か》きつけながら、鶴嘴《つるはし》をふりあげたり、スコープをつかったりしている、三《さん》人《にん》の助手《じょしゅ》らしい人《ひと》たちに夢中《むちゅう》でいろいろ指図《さしず》をしていました。

「そこのその突起《とっき》を壊《こわ》さないように。スコープを使《つか》いたまえ、スコープを。おっと、も少《すこ》し遠《とお》くから掘《ほ》って。いけない、いけない。なぜそんな乱暴《らんぼう》をするんだ。」

見《み》ると、その白《しろ》い柔《やわ》らかな岩《いわ》の中《なか》から、大《おお》きな大《おお》きな青《あお》じろい獣《けもの》の骨《ほね》が、横《よこ》に倒《たお》れて潰《つぶ》れたという風《ふう》になって、半分《はんぶん》以上《いじょう》掘《ほ》り出《だ》されていました。そして気《き》をつけて見《み》ると、そこらには、蹄《ひづめ》の二《ふた》つある足跡《あしあと》のついた岩《いわ》が、四角《しかく》に十《とお》ばかり、きれいに切《き》り取《と》られて番号《ばんごう》がつけられてありました。

「君《きみ》たちは参観《さんかん》かね。」その大学士《だいがくし》らしい人《ひと》が、眼鏡《めがね》をきらっとさせて、こっちを見《み》て話《はな》しかけました。

「くるみが沢山《たくさん》あったろう。それはまあ、ざっと百二十万年《ひゃくにじゅうまんねん》ぐらい前《まえ》のくるみだよ。ごく新《あたら》しい方《ほう》さ。ここは百二十万年前《ひゃくにじゅうまんねんまえ》、第三紀《だいさんき》のあとのころは海岸《かいがん》でね、この下《した》からは貝《かい》がらも出《で》る。いま川《かわ》の流《なが》れているとこに、そっくり塩水《しおみず》が寄《よ》せたり引《ひ》いたりもしていたのだ。このけものかね、これはボスといってね、おいおい、そこつるはしはよしたまえ。ていねいに鑿《のみ》でやってくれたまえ。ボスといってね、いまの牛《うし》の先祖《せんぞ》で、昔《むかし》はたくさん居《い》たさ。」

「標本《ひょうほん》にするんですか。」

「いや、証明《しょうめい》するに要《い》るんだ。ぼくらからみると、ここは厚《あつ》い立派《りっぱ》な地層《ちそう》で、百二十万年《ひゃくにじゅうまんねん》ぐらい前《まえ》にできたという証拠《しょうこ》もいろいろあがるけれども、ぼくらとちがったやつからみてもやっぱりこんな地層《ちそう》に見《み》えるかどうか、あるいは風《かぜ》か水《みず》やがらんとした空《そら》かに見《み》えやしないかということなのだ。わかったかい。けれども、おいおい。そこもスコープではいけない。そのすぐ下《した》に肋骨《ろっこつ》が埋《う》もれてる筈《はず》じゃないか。」大学士《だいがくし》はあわてて走《はし》って行《い》きました。

「もう時間《じかん》だよ。行《い》こう。」カムパネルラが地図《ちず》と腕時計《うでどけい》とをくらべながら云《い》いました。

「ああ、ではわたくしどもは失礼《しつれい》いたします。」ジョバンニは、ていねいに大学士《だいがくし》におじぎしました。

「そうですか。いや、さよなら。」大学士《だいがくし》は、また忙《いそ》がしそうに、あちこち歩《ある》きまわって監督《かんとく》をはじめました。二人《ふたり》は、その白《しろ》い岩《いわ》の上《うえ》を、一生《いっしょう》けん命《めい》汽車《きしゃ》におくれないように走《はし》りました。そしてほんとうに、風《かぜ》のように走《はし》れたのです。息《いき》も切《き》れず膝《ひざ》もあつくなりませんでした。

　こんなにしてかけるなら、もう世界中《せかいじゅう》だってかけれると、ジョバンニは思《おも》いました。

　そして二人《ふたり》は、前《まえ》のあの河原《かわら》を通《とお》り、改札口《かいさつぐち》の電燈《でんとう》がだんだん大《おお》きくなって、間《ま》もなく二人《ふたり》は、もとの車室《しゃしつ》の席《せき》に座《すわ》って、いま行《い》って来《き》た方《ほう》を、窓《まど》から見《み》ていました。

八、鳥《とり》を捕《と》る人《ひと》

「ここへかけてもようございますか。」

がさがさした、けれども親切《しんせつ》そうな、大人《おとな》の声《こえ》が、二人《ふたり》のうしろで聞《き》こえました。

　それは、茶《ちゃ》いろの少《すこ》しぼろぼろの外套《がいとう》を着《き》て、白《しろ》い巾《きれ》でつつんだ荷物《にもつ》を、二《ふた》つに分《わ》けて肩《かた》に掛《か》けた、赤髯《あかひげ》のせなかのかがんだ人《ひと》でした。

「ええ、いいんです。」ジョバンニは、少《すこ》し肩《かた》をすぼめて挨拶《あいさつ》しました。その人《ひと》は、ひげの中《なか》でかすかに微笑《わら》いながら、荷物《にもつ》をゆっくり網棚《あみだな》にのせました。ジョバンニは、なにか大《たい》へんさびしいようなかなしいような気《き》がして、だまって正面《しょうめん》の時計《とけい》を見《み》ていましたら、ずうっと前《まえ》の方《ほう》で、硝子《ガラス》の笛《ふえ》のようなものが鳴《な》りました。汽車《きしゃ》はもう、しずかにうごいていたのです。カムパネルラは、車室《しゃしつ》の天井《てんじょう》を、あちこち見《み》ていました。その一《ひと》つのあかりに黒《くろ》い甲虫《かぶとむし》がとまってその影《かげ》が大《おお》きく天井《てんじょう》にうつっていたのです。赤《あか》ひげの人《ひと》は、なにかなつかしそうにわらいながら、ジョバンニやカムパネルラのようすを見《み》ていました。汽車《きしゃ》はもうだんだん早《はや》くなって、すすきと川《かわ》と、かわるがわる窓《まど》の外《そと》から光《ひか》りました。

　赤《あか》ひげの人《ひと》が、少《すこ》しおずおずしながら、二人《ふたり》に訊《き》きました。

「あなた方《がた》は、どちらへいらっしゃるんですか。」

「どこまでも行《い》くんです。」ジョバンニは、少《すこ》しきまり悪《わる》そうに答《こた》えました。

「それはいいね。この汽車《きしゃ》は、じっさい、どこまででも行《い》きますぜ。」

「あなたはどこへ行《い》くんです。」カムパネルラが、いきなり、喧嘩《けんか》のようにたずねましたので、ジョバンニは、思《おも》わずわらいました。すると、向《む》こうの席《せき》に居《い》た、尖《とが》った帽子《ぼうし》をかぶり、大《おお》きな鍵《かぎ》を腰《こし》に下《さ》げた人《ひと》も、ちらっとこっちを見《み》てわらいましたので、カムパネルラも、つい顔《かお》を赤《あか》くして笑《わら》いだしてしまいました。ところがその人《ひと》は別《べつ》に怒《おこ》ったでもなく、頬《ほお》をぴくぴくしながら返事《へんじ》しました。

「わっしはすぐそこで降《お》ります。わっしは、鳥《とり》をつかまえる商売《しょうばい》でね。」

「何鳥《なにどり》ですか。」

「鶴《つる》や雁《がん》です。さぎも白鳥《はくちょう》もです。」

「鶴《つる》はたくさんいますか。」

「居《い》ますとも、さっきから鳴《な》いてまさあ。聞《き》かなかったのですか。」

「いいえ。」

「いまでも聞《き》こえるじゃありませんか。そら、耳《みみ》をすまして聴《き》いてごらんなさい。」

二人《ふたり》は眼《め》を挙《あ》げ、耳《みみ》をすましました。ごとごと鳴《な》る汽車《きしゃ》のひびきと、すすきの風《かぜ》との間《あいだ》から、ころんころんと水《みず》の湧《わ》くような音《おと》が聞《き》こえて来《く》るのでした。

「鶴《つる》、どうしてとるんですか。」

「鶴《つる》ですか、それとも鷺《さぎ》ですか。」

「鷺《さぎ》です。」ジョバンニは、どっちでもいいと思《おも》いながら答《こた》えました。

「そいつはな、雑作《ぞうさ》ない。さぎというものは、みんな天《あま》の川《がわ》の砂《すな》が凝《こご》って、ぼおっとできるもんですからね、そして始終《しじゅう》川《かわ》へ帰《かえ》りますからね、川原《かわら》で待《ま》っていて、鷺《さぎ》がみんな、脚《あし》をこういう風《ふう》にして下《お》りてくるとこを、そいつが地《じ》べたへつくかつかないうちに、ぴたっと押《お》さえちまうんです。するともう鷺《さぎ》は、かたまって安心《あんしん》して死《し》んじまいます。あとはもう、わかり切《き》ってまさあ、押《お》し葉《ば》にするだけです。」

「鷺《さぎ》を押《お》し葉《ば》にするんですか。標本《ひょうほん》ですか。」

「標本《ひょうほん》じゃありません。みんなたべるじゃありませんか。」

「おかしいねえ。」カムパネルラが首《くび》をかしげました。

「おかしいも不審《ふしん》もありませんや。そら。」その男《おとこ》は立《た》って、網棚《あみだな》から包《つつ》みをおろして、手《て》ばやくくるくると解《と》きました。

「さあ、ごらんなさい。いまとって来《き》たばかりです。」

「ほんとうに鷺《さぎ》だねえ。」二人《ふたり》は思《おも》わず叫《さけ》びました。まっ白《しろ》な、あのさっきの北《きた》の十字架《じゅうじか》のように光《ひか》る鷺《さぎ》のからだが、十《とお》ばかり、少《すこ》しひらべったくなって、黒《くろ》い脚《あし》をちぢめて、浮彫《うきぼり》のようにならんでいたのです。

「眼《め》をつぶってるね。」カムパネルラは、指《ゆび》でそっと、鷺《さぎ》の三日月《みかづき》がたの白《しろ》い瞑《つぶ》った眼《め》にさわりました。頭《あたま》の上《うえ》の槍《やり》のような白《しろ》い毛《け》もちゃんとついていました。

「ね、そうでしょう。」鳥捕《とりと》りは風呂敷《ふろしき》を重《かさ》ねて、またくるくると包《つつ》んで紐《ひも》でくくりました。誰《たれ》がいったいここらで鷺《さぎ》なんぞ喰《た》べるだろうとジョバンニは思《おも》いながら訊《き》きました。

「鷺《さぎ》はおいしいんですか。」

「ええ、毎日注文《まいにちちゅうもん》があります。しかし雁《がん》の方《ほう》が、もっと売《う》れます。雁《がん》の方《ほう》がずっと柄《がら》がいいし、第一《だいいち》手数《てすう》がありませんからな。そら。」鳥捕《とりと》りは、また別《べつ》の方《ほう》の包《つつ》みを解《と》きました。すると黄《き》と青《あお》じろとまだらになって、なにかのあかりのようにひかる雁《がん》が、ちょうどさっきの鷺《さぎ》のように、くちばしを揃《そろ》えて、少《すこ》し扁《ひら》べったくなって、ならんでいました。

「こっちはすぐ喰《た》べられます。どうです、少《すこ》しおあがりなさい。」鳥捕《とりと》りは、黄《き》いろな雁《がん》の足《あし》を、軽《かる》くひっぱりました。するとそれは、チョコレートででもできているように、すっときれいにはなれました。

「どうです。すこしたべてごらんなさい。」鳥捕《とりと》りは、それを二《ふた》つにちぎってわたしました。ジョバンニは、ちょっと喰《た》べてみて、（なんだ、やっぱりこいつはお菓子《かし》だ。チョコレートよりも、もっとおいしいけれども、こんな雁《がん》が飛《と》んでいるもんか。この男《おとこ》は、どこかそこらの野原《のはら》の菓子屋《かしや》だ。けれどもぼくは、このひとをばかにしながら、この人《ひと》のお菓子《かし》をたべているのは、大《たい》へん気《き》の毒《どく》だ。）と

おもいながら、やっぱりぽくぽくそれをたべていました。

「も少《すこ》しおあがりなさい。」鳥捕《とりと》りがまた包《つつ》みを出《だ》しました。ジョバンニは、もっとたべたかったのですけれども、

「ええ、ありがとう。」と云《い》って遠慮《えんりょ》しましたら、鳥捕《とりと》りは、こんどは向《む》こうの席《せき》の、鍵《かぎ》をもった人《ひと》に出《だ》しました。

「いや、商売《しょうばい》ものを貰《もら》っちゃすみませんな。」その人《ひと》は、帽子《ぼうし》をとりました。

「いいえ、どういたしまして。どうです、今年《ことし》の渡《わた》り鳥《どり》の景気《けいき》は。」

「いや、すてきなもんですよ。一昨日《おととい》の第二限《だいにげん》ころなんか、なぜ燈台《とうだい》の灯《あかり》を、規則《きそく》以外《いがい》に間[一字分空白]させるかって、あっちからもこっちからも、電話《でんわ》で故障《こしょう》が来《き》ましたが、なあに、こっちがやるんじゃなくて、渡《わた》り鳥《どり》どもが、まっ黒《くろ》にかたまって、あかしの前《まえ》を通《とお》るのですから仕方《しかた》ありませんや。わたしぁ、べらぼうめ、そんな苦情《くじょう》は、おれのとこへ持《も》って来《き》たって仕方《しかた》がねえや、ばさばさのマントを着《き》て脚《あし》と口《くち》との途方《とほう》もなく細《ほそ》い大将《たいしょう》へやれって、斯《こ》う云《い》ってやりましたがね、はっは。」

すすきがなくなったために、向《む》こうの野原《のはら》から、ぱっとあかりが射《さ》して来《き》ました。

「鷺《さぎ》の方《ほう》はなぜ手数《てすう》なんですか。」カムパネルラは、さっきから、訊《き》こうと思《おも》っていたのです。

「それはね、鷺《さぎ》を喰《た》べるには、」鳥捕《とりと》りは、こっちに向《む》き直《なお》りました。

「天《あま》の川《がわ》の水《みず》あかりに、十日《とおか》もつるして置《お》くかね、そうでなけぁ、砂《すな》に三四日《さんよっか》うずめなけぁいけないんだ。そうすると、水銀《すいぎん》がみんな蒸発《じょうはつ》して、喰《た》べられるようになるよ。」

「こいつは鳥《とり》じゃない。ただのお菓子《かし》でしょう。」やっぱりおなじことを考《かんが》えていたとみえて、カムパネルラが、思《おも》い切《き》ったというように、尋《たず》ねました。鳥捕《とりと》りは、何《なに》か大《たい》へんあわてた風《ふう》で、

「そうそう、ここで降《お》りなけぁ。」と云《い》いながら、立《た》って荷物《にもつ》をとったと思《おも》うと、もう見《み》えなくなっていました。

「どこへ行《い》ったんだろう。」

二人《ふたり》は顔《かお》を見合《みあ》わせましたら、燈台守《とうだいもり》は、にやにや笑《わら》って、少《すこ》し伸《の》びあがるようにしながら、二人《ふたり》の横《よこ》の窓《まど》の外《そと》をのぞきました。二人《ふたり》もそっちを見《み》ましたら、たったいまの鳥捕《とりと》りが、黄《き》いろと青《あお》じろ

の、うつくしい燐光《りんこう》を出《だ》す、いちめんのかわらははこぐさの上《うえ》に立《た》って、まじめな顔《かお》をして両手《りょうて》をひろげて、じっとそらを見《み》ていたのです。

「あすこへ行《い》ってる。ずいぶん奇体《きたい》だねえ。きっとまた鳥《とり》をつかまえるとこだねえ。汽車《きしゃ》が走《はし》って行《い》かないうちに、早《はや》く鳥《とり》がおりるといいな。」と云《い》った途端《とたん》、がらんとした桔梗《ききょう》いろの空《そら》から、さっき見《み》たような鷺《さぎ》が、まるで雪《ゆき》の降《ふ》るように、ぎゃあぎゃあ叫《さけ》びながら、いっぱいに舞《ま》いおりて来《き》ました。

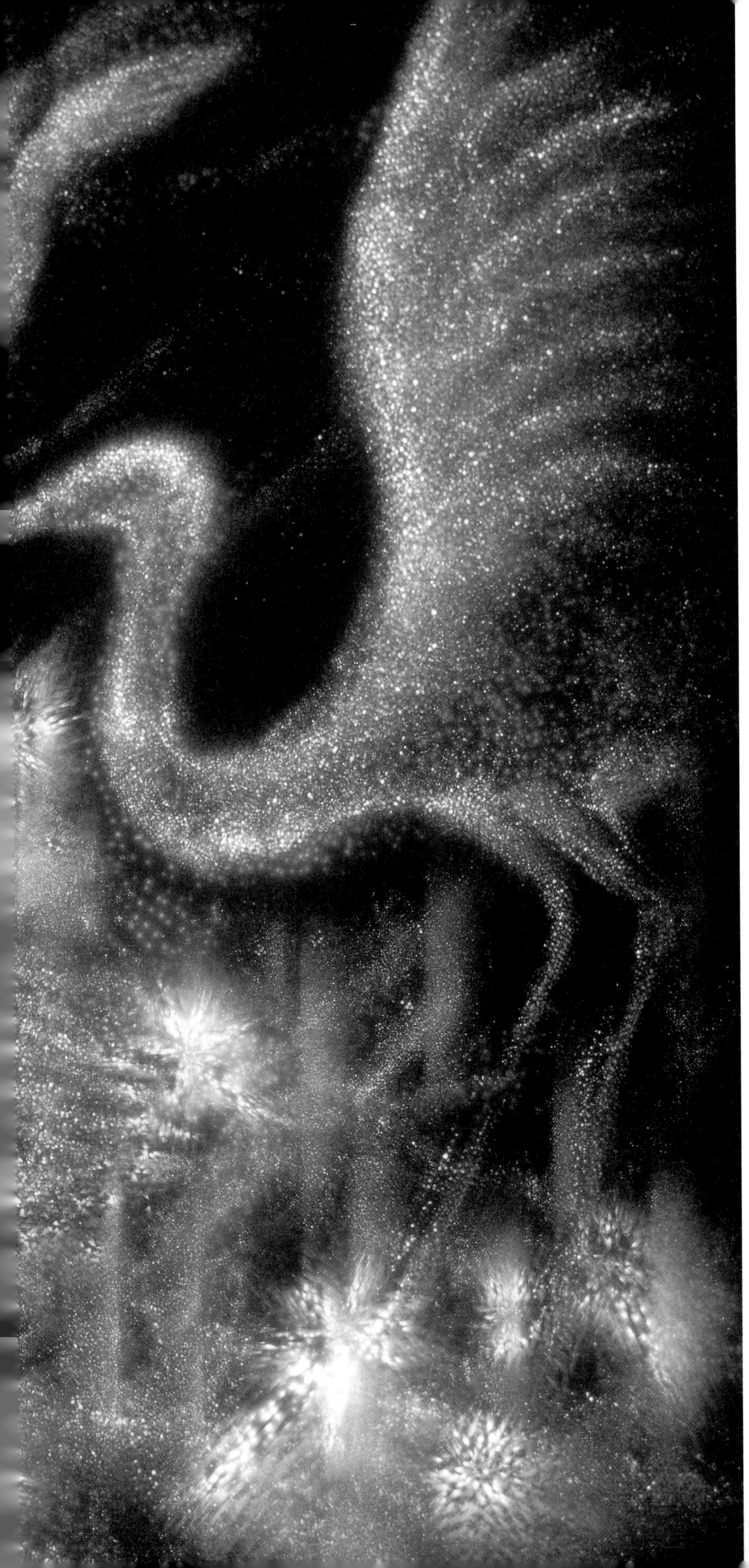

するとあの鳥捕《とりと》りは、すっかり注文通《ちゅうもんどお》りだというようにほくほくして、両足《りょうあし》をかっきり六十度《ろくじゅうど》に開《ひら》いて立《た》って、鷺《さぎ》のちぢめて降《お》りて来《く》る黒《くろ》い脚《あし》を両手《りょうて》で片《かた》っ端《ぱし》から押《お》さえて、布《ぬの》の袋《ふくろ》の中《なか》に入《い》れるのでした。すると鷺《さぎ》は、螢《ほたる》のように、袋《ふくろ》の中《なか》でしばらく、青《あお》くぺかぺか光《ひか》ったり消《き》えたりしていましたが、おしまいとうとう、みんなぼんやり白《しろ》くなって、眼《め》をつぶるのでした。ところが、つかまえられる鳥《とり》よりは、つかまえられないで無事《ぶじ》に天《あま》の川《がわ》の砂《すな》の上《うえ》に降《お》りるものの方《ほう》が多《おお》かったのです。それは見《み》ていると、足《あし》が砂《すな》へつくや否《いな》や、まるで雪《ゆき》の融《と》けるように、縮《ちぢ》まって扁《ひら》べったくなって、間《ま》もなく熔鉱《ようこう》炉《ろ》から出《で》た銅《どう》の汁《しる》のように、砂《すな》や砂利《じゃり》の上《うえ》にひろがり、しばらくは鳥《とり》の形《かたち》が、砂《すな》についているのでしたが、それも二三度《にさんど》明《あか》るくなったり暗《くら》くなったりしているうちに、もうすっかりまわりと同《おな》じいろになってしまうのでした。

鳥《とり》捕《と》りは二《に》十《じっ》疋《ぴき》ばかり、袋《ふくろ》に入《い》れてしまうと、急《きゅう》に両手《りょうて》をあげて、兵隊《へいたい》が鉄砲弾《てっぽうだま》にあたって、死《し》ぬときのような形《かたち》をしました。

と思《おも》ったら、もうそこに鳥捕《とりと》りの形《かたち》はなくなって、却《かえ》って、

「ああせいせいした。どうもからだに恰度合《ちょうどあ》うほど稼《かせ》いでいるくらい、いいことはありませんな。」

というききおぼえのある声《こえ》が、ジョバンニの隣《とな》りにしました。見《み》ると鳥捕《とりと》りは、もうそこでとって来《き》た鷺《さぎ》を、きちんとそろえて、一《ひと》つずつ重《かさ》ね直《なお》しているのでした。

「どうしてあすこから、いっぺんにここへ来《き》たんですか。」ジョバンニが、なんだかあたりまえのような、あたりまえでないような、おかしな気《き》がして問《と》いました。

「どうしてって、来《こ》ようとしたから来《き》たんです。ぜんたいあなた方《がた》は、どちらからおいでですか。」

ジョバンニは、すぐ返事《へんじ》しようと思《おも》いましたけれども、さあ、ぜんたいどこから来《き》たのか、もうどうしても考《かんが》えつきませんでした。カムパネルラも、顔《かお》をまっ赤《か》にして何《なに》か思《おも》い出《だ》そうとしているのでした。

「ああ、遠《とお》くからですね。」鳥捕《とりと》りは、わかったというように雑作《ぞうさ》なくうなずきました。

九、ジョバンニの切符《きっぷ》

「もうここらは白鳥区《はくちょうく》のおしまいです。ごらんなさい。あれが名高《なだか》いアルビレオの観測所《かんそくじょ》です。」

窓《まど》の外《そと》の、まるで花火《はなび》でいっぱいのような、あまの川《がわ》のまん中《なか》に、黒《くろ》い大《おお》きな建物《たてもの》が四棟《よんむね》ばかり立《た》って、その一《ひと》つの平屋根《ひらやね》の上《うえ》に、眼《め》もさめるような、青宝玉《サファイア》と黄玉《トパース》の大《おお》きな二《ふた》つのすきとおった球《たま》が、輪《わ》になってしずかにくるくるとまわっていました。黄《き》いろのがだんだん向《む》こうへまわって行《い》って、青《あお》い小《ちい》さいのがこっちへ進《すす》んで来《き》、間《ま》もなく二《ふた》つのはじは、重《かさ》なり合《あ》って、きれいな緑《みどり》いろの両面凸《りょうめんとつ》レンズのかたちをつくり、それもだんだん、まん中《なか》がふくらみ出《だ》して、とうとう青《あお》いのは、すっかりトパースの正面《しょうめん》に来《き》ましたので、緑《みどり》の中心《ちゅうしん》と黄《き》いろな明《あか》るい環《わ》とができました。それがまただんだん横《よこ》へ外《そ》れて、前《まえ》のレンズの形《かたち》を逆《ぎゃく》に繰《く》り返《かえ》し、とうとうすっとはなれて、サファイアは向《む》こうへめぐり、黄《き》いろのはこっちへ進《すす》み、また丁度《ちょうど》さっきのような風《ふう》になりました。銀河《ぎんが》の、かたちもなく音《おと》もない水《みず》にかこまれて、ほんとうにその黒《くろ》い測候所《そっこうじょ》が、睡《ねむ》っているように、しずかによこたわったのです。

「あれは、水《みず》の速《はや》さをはかる器械《きかい》です。水《みず》も……。」鳥捕《とりと》りが云《い》いかけたとき、

「切符《きっぷ》を拝見《はいけん》いたします。」三人《さんにん》の席《せき》の横《よこ》に、赤《あか》い帽子《ぼうし》をかぶったせいの高《たか》い車掌《しゃしょう》が、いつかまっすぐに立《た》っていて云《い》いました。鳥捕《とりと》りは、だまってかくしから、小《ちい》さな紙《かみ》きれを出《だ》しました。車掌《しゃしょう》はちょっと見《み》て、すぐ眼《め》をそらして、（あなた方《がた》のは？）というように、指《ゆび》をうごかしながら、手《て》をジョバンニたちの方《ほう》へ出《だ》しました。

「さあ、」ジョバンニは困《こま》って、もじもじしていましたら、カムパネルラは、わけもないという風《ふう》で、小《ちい》さな鼠《ねずみ》いろの切符《きっぷ》を出《だ》しました。ジョバンニは、すっかりあわててしまって、もしか上着《うわぎ》のポケットにでも、入《はい》っていたかとおもいながら、手《て》を入《い》れて見《み》ましたら、何《なに》か大《おお》きな畳《たた》んだ紙《かみ》きれにあたりました。こんなもの入《はい》っていたろうかと思《おも》って、急《いそ》いで出《だ》してみましたら、それは四《よっ》つに折《お》ったはがきぐらいの大《おお》きさの緑《みどり》いろの紙《かみ》でした。車掌《しゃしょう》が手《て》を出《だ》しているもんですから何《なん》でも構《かま》わない、やっちまえと思《おも》って渡《わた》しましたら、車掌《しゃしょう》はまっすぐに立《た》ち直《なお》って叮寧《ていねい》にそれを開《ひら》いて見《み》ていました。そして読《よ》みながら上着《うわぎ》のぼたんやなんかしきりに直《なお》したりしていましたし燈台看守《とうだいかんしゅ》も下《した》からそれを熱心《ねっしん》にのぞいていましたから、ジョバンニはたしかにあれは証明書《しょうめいしょ》か何《なに》かだったと考《かんが》えて少《すこ》し胸《むね》が熱《あつ》くなるような気《き》がしました。

「これは三次空間《さんじくうかん》の方《ほう》からお持《も》ちになったのですか。」車掌《しゃしょう》がたずねました。

「何《なん》だかわかりません。」もう大丈夫《だいじょうぶ》だと安心《あんしん》しながらジョバンニはそっちを見《み》あげてくつくつ笑《わら》いました。

「よろしゅうございます。南十字《サウザンクロス》へ着《つ》きますのは、次《つぎ》の第三時《だいさんじ》ころになります。」車掌《しゃしょう》は紙《かみ》をジョバンニに渡《わた》して向《む》こうへ行《い》きました。

カムパネルラは、その紙切《かみき》れが何《なん》だったか待《ま》ち兼《か》ねたというように急《いそ》いでのぞきこみました。ジョバンニも全《まった》く早《はや》く見《み》たかったのです。ところがそれはいちめん黒《くろ》い唐草《からくさ》のような模様《もよう》の中《なか》に、おかしな十《とお》ばかりの字《じ》を印刷《いんさつ》したものでだまって見《み》ていると何《なん》だかその中《なか》へ吸《す》い込《こ》まれてしまうような気《き》がするのでした。すると鳥捕《とりと》りが横《よこ》からちらっとそれを見《み》てあわてたように云《い》いました。

「おや、こいつは大《たい》したもんですぜ。こいつはもう、ほんとうの天上《てんじょう》へさえ行《い》ける切符《きっぷ》だ。天上《てんじょう》どこじゃない、どこでも勝手《かって》にあるける通行券《つうこうけん》です。こいつをお持《も》ちになれぁ、なるほど、こんな不完全《ふかんぜん》な幻想第四次《げんそうだいよじ》の銀河鉄道《ぎんがてつどう》なんか、どこまでも行《い》ける筈《はず》でさあ、あなた方《がた》大《たい》したもんですね。」

「何《なん》だかわかりません。」ジョバンニが赤《あか》くなって答《こた》えながらそれを又畳《またたた》んでかくしに入《い》れました。そしてきまりが悪《わる》いのでカムパネルラと二人《ふたり》、また窓《まど》の外《そと》をながめていましたが、その鳥捕《とりと》りの時々《ときどき》大《たい》したもんだというようにちらちらこっちを見《み》ているのがぼんやりわかりました。

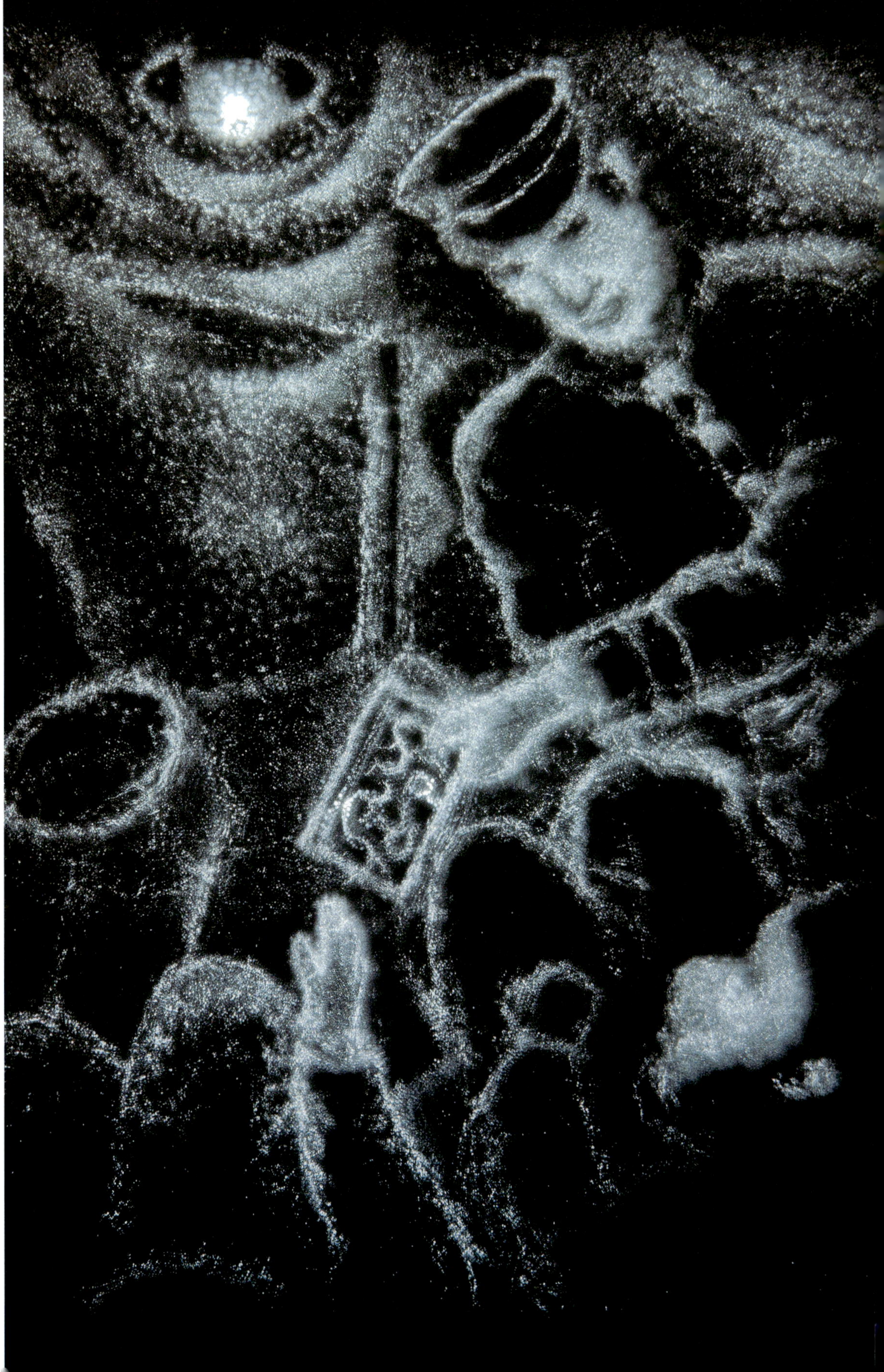

「もうじき鷲《わし》の停車場《ていしゃば》だよ。」カムパネルラが向《む》こう岸《ぎし》の、三《みっ》つならんだ小《ちい》さな青《あお》じろい三角標《さんかくひょう》と地図《ちず》とを見較《みくら》べて云《い》いました。

ジョバンニはなんだかわけもわからずににわかにとなりの鳥捕《とりと》りが気《き》の毒《どく》でたまらなくなりました。鷺《さぎ》をつかまえてせいせいしたとよろこんだり、白《しろ》いきれでそれをくるくる包《つつ》んだり、ひとの切符《きっぷ》をびっくりしたように横目《よこめ》で見《み》てあわててほめだしたり、そんなことを一一《いちいち》考《かんが》えていると、もうその見《み》ず知《し》らずの鳥捕《とりと》りのために、ジョバンニの持《も》っているものでも食《た》べるものでもなんでもやってしまいたい、もうこの人《ひと》のほんとうの幸《さいわい》になるなら自分《じぶん》があの光《ひか》る天《あま》の川《がわ》の河原《かわら》に立《た》って百年《ひゃくねん》つづけて立《た》って鳥《とり》をとってやってもいいというような気《き》がして、どうしてももう黙《だま》っていられなくなりました。ほんとうにあなたのほしいものは一体何《いったいなん》ですか、と訊《き》こうとして、それではあんまり出《だ》し抜《ぬ》けだから、どうしようかと考《かんが》えて振《ふ》り返《かえ》って見《み》ましたら、そこにはもうあの鳥捕《とりと》りが居《い》ませんでした。網棚《あみだな》の上《うえ》には白《しろ》い荷物《にもつ》も見《み》えなかったのです。また窓《まど》の外《そと》で足《あし》をふんばってそらを見上《みあ》げて鷺《さぎ》を捕《と》る支度《したく》をしているのかと思《おも》って、急《いそ》いでそっちを見《み》ましたが、外《そと》はいちめんのうつくしい砂子《すなご》と白《しろ》いすきの波《なみ》ばかり、あの鳥捕《とりと》りの広《ひろ》いせなかも尖《とが》った帽子《ぼうし》も見《み》えませんでした。

「あの人《ひと》どこへ行《い》ったろう。」カムパネルラもぼんやりそう云《い》っていました。

「どこへ行《い》ったろう。一体《いったい》どこでまたあうのだろう。僕《ぼく》はどうしても少《すこ》しあの人《ひと》に物《もの》を言《い》わなかったろう。」

「ああ、僕《ぼく》もそう思《おも》っているよ。」

「僕《ぼく》はあの人《ひと》が邪魔《じゃま》なような気《き》がしたんだ。だから僕《ぼく》は大《たい》へんつらい。」ジョバンニはこんな変《へん》てこな気《き》もちは、ほんとうにはじめてだし、こんなこと今《いま》まで云《い》ったこともないと思《おも》いました。

「何《なん》だか苹果《りんご》の匂《におい》がする。僕《ぼく》いま苹果《りんご》のこと考《かんが》えたためだろうか。」カムパネルラが不思議《ふしぎ》そうにあたりを見《み》まわしました。

「ほんとうに苹果《りんご》の匂《におい》だよ。それから野茨《のいばら》の匂《におい》もする。」ジョバンニもそこらを見《み》ましたがやっぱりそれは窓《まど》からでも入《はい》って来《く》るらしいのでした。いま秋《あき》だから野茨《のいばら》の花《はな》の匂《におい》のする筈《はず》はないとジョバンニは思《おも》いました。

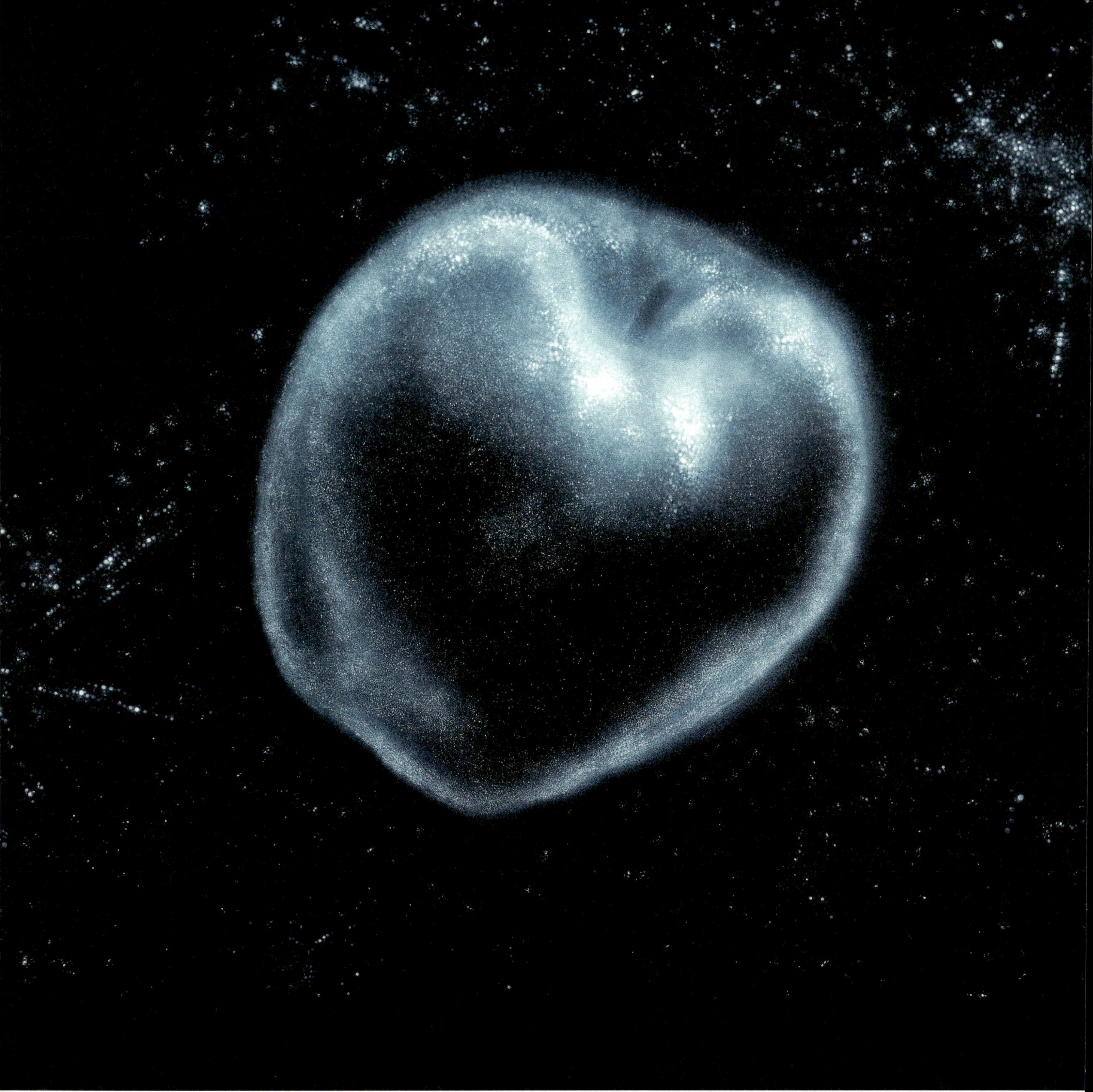

そしたら俄《にわ》かにそこに、つやつやした黒《くろ》い髪《かみ》の六《むっ》つばかりの男《おとこ》の子《こ》が赤《あか》いジャケツのぼたんもかけずひどくびっくりしたような顔《かお》をしてがたがたふるえてはだしで立《た》っていました。隣《とな》りには黒《くろ》い洋服《ようふく》をきちんと着《き》たせいの高《たか》い青年《せいねん》が一《いっ》ぱいに風《かぜ》に吹《ふ》かれているけやきの木《き》のような姿勢《しせい》で、男《おとこ》の子《こ》の手《て》をしっかりひいて立《た》っていました。

「あら、ここどこでしょう。まあ、きれいだわ。」青年《せいねん》のうしろにもひとり十二《じゅうに》ばかりの眼《め》の茶《ちゃ》いろな可愛《かあい》らしい女《おんな》の子《こ》が黒《くろ》い外套《がいとう》を着《き》て青年《せいねん》の腕《うで》にすがって不思議《ふしぎ》そうに窓《まど》の外《そと》を見《み》ているのでした。

「ああ、ここはランカシャイヤだ。いや、コンネクテカット州《しゅう》だ。いや、ああ、ぼくたちはそらへ来《き》たのだ。わたしたちは天《てん》へ行《い》くのです。ごらんなさい。あのしるしは天上《てんじょう》のしるしです。もうなんにもこわいことありません。わたくしたちは神《かみ》さまに召《め》されているのです。」黒服《くろふく》の青年《せいねん》はよろこびにかがやいてその女《おんな》の子《こ》に云《い》いました。けれどもなぜかまた額《ひたい》に深《ふか》く皺《しわ》を刻《きざ》んで、それに大《たい》へんつかれているらしく、無理《むり》に笑《わら》いながら男《おとこ》の子《こ》をジョバンニのとなりに座《すわ》らせました。

それから女《おんな》の子《こ》にやさしくカムパネルラのとなりの席《せき》を指《ゆび》さしました。女《おんな》の子《こ》はすなおにそこへ座《すわ》って、きちんと両手《りょうて》を組《く》み合《あ》わせました。

「ぼくおおねえさんのとこへ行《い》くんだよう。」腰掛《こしか》けたばかりの男《おとこ》の子《こ》は顔《かお》を変《へん》にして燈台看守《とうだいかんしゅ》の向《む》こうの席《せき》に座《すわ》ったばかりの青年《せいねん》に云《い》いました。青年《せいねん》は何《なん》とも云《い》えず悲《かな》しそうな顔《かお》をして、じっとその子《こ》の、ちぢれてぬれた頭《あたま》を見《み》ました。女《おんな》の子《こ》は、いきなり両手《りょうて》を顔《かお》にあててしくしく泣《な》いてしまいました。

「お父《とう》さんやきくよねえさんはまだいろいろお仕事《しごと》があるのです。けれどももうすぐあとからいらっしゃいます。それよりも、おっかさんはどんなに永《なが》く待《ま》っていらっしゃったでしょう。わたしの大事《だいじ》なタダシはいまどんな歌《うた》をうたっているだろう、雪《ゆき》の降《ふ》る朝《あさ》にみんなと手《て》をつないでぐるぐるにわとこのやぶをまわってあそんでいるだろうかと考《かんが》えたりほんとうに待《ま》って心配《しんぱい》していらっしゃるんですから、早《はや》く行《い》っておっかさんにお目《め》にかかりましょうね。」

「うん、だけど僕《ぼく》、船《ふね》に乗《の》らなけぁよかったなあ。」

「ええ、けれど、ごらんなさい、そら、どうです、あの立派《りっぱ》な川《かわ》、ね、あすこはあの夏中《なつじゅう》、ツインクル、

ツインクル、リトル、スター　をうたってやすむとき、いつも窓《まど》からぼんやり白《しろ》く見《み》えていたでしょう。あすこですよ。ね、きれいでしょう、あんなに光《ひか》っています。」

泣《な》いていた姉《あね》もハンケチで眼《め》をふいて外《そと》を見《み》ました。青年《せいねん》は教《おし》えるようにそっと姉弟《きょうだい》にまた云《い》いました。

「わたしたちはもうなんにもかなしいことないのです。わたしたちはこんないいとこを旅《たび》して、じき神《かみ》さまのとこへ行《い》きます。そこならもうほんとうに明《あか》るくて匂《におい》がよくて立派《りっぱ》な人《ひと》たちでいっぱいです。そしてわたしたちの代《かわ》りにボートへ乗《の》れた人《ひと》たちは、きっとみんな助《たす》けられて、心配《しんぱい》して待《ま》っているめいめいのお父《とう》さんやお母《かあ》さんや自分《じぶん》のお家《うち》へやら行《い》くのです。さあ、もうじきですから元気《げんき》を出《だ》しておもしろくうたって行《い》きましょう。」青年《せいねん》は男《おとこ》の子《こ》のぬれたような黒《くろ》い髪《かみ》をなで、みんなを慰《なぐさ》めながら、自分《じぶん》もだんだん顔《かお》いろがかがやいて来《き》ました。

「あなた方《がた》はどちらからいらっしゃったのですか。どうなすったのですか。」さっきの燈台看守《とうだいかんしゅ》がやっと少《すこ》しわかったように青年《せいねん》にたずねました。青年《せいねん》はかすかにわらいました。

「いえ、氷山《ひょうざん》にぶっつかって船《ふね》が沈《しず》みましてね、わたしたちはこちらのお父《とう》さんが急《きゅう》な用《よう》で二《に》ヶ月《かげつ》前《まえ》一足《ひとあし》さきに本国《ほんごく》へお帰《かえ》りになったのであとから発《た》ったのです。私《わたくし》は大学《だいがく》へはいっていて、家庭教師《かていきょうし》にやとわれていたのです。ところがちょうど十二日目《じゅうににちめ》、今日《きょう》か昨日《きのう》のあたりです、船《ふね》が氷山《ひょうざん》にぶっつかって一《いっ》ぺんに傾《かたむ》き、もう沈《しず》みかけました。月《つき》のあかりはどこかぼんやりありましたが、霧《きり》が非常《ひじょう》に深《ふか》かったのです。ところがボートは左舷《さげん》の方半分《ほうはんぶん》はもうだめになっていましたから、とてもみんなは乗《の》り切《き》らないのです。もうそのうちにも船《ふね》は沈《しず》みますし、私《わたくし》は必死《ひっし》となって、どうか小《ちい》さな人《ひと》たちを乗《の》せて下《くだ》さいと叫《さけ》びました。近《ちか》くの人《ひと》たちはすぐみちを開《ひら》いて、そして子供《こども》たちのために祈《いの》って呉《く》れました。けれどもそこからボートまでのところにはまだまだ小《ちい》さな子《こ》どもたちや親《おや》たちやなんか居《い》て、とても押《お》しのける勇気《ゆうき》がなかったのです。それでもわたくしはどうしてもこの方《かた》たちをお助《たす》けするのが私《わたくし》の義務《ぎむ》だと思《おも》いましたから前《まえ》にいる子供《こども》らを押《お》しのけようとしました。けれどもまたそんなにして助《たす》けてあげるよりはこのまま神《かみ》のお前《まえ》にみんなで行《い》く方《ほう》がほんとうにこの方《かた》たちの幸福《こうふく》だとも思《おも》いました。それからまたその神《かみ》にそむく罪《つみ》はわたくしひとりでしょってぜひとも助《たす》けてあげようと思《おも》いました。けれどもどうして見《み》ているとそれができないのでした。子《こ》どもらばかりボートの中《なか》へはなしてやってお母《かあ》さんが狂気《きょうき》のようにキスを送《おく》りお父《とう》さんがかなしいのをじっとこらえてまっすぐに立《た》っているなどとてももう腸《はらわた》もちぎれるようでした。そのうち船《ふね》はもうずんずん沈《しず》みますから、私《わたくし》はもうすっかり覚悟《かくご》してこの人《ひと》たち二人《ふたり》を抱《だ》いて、浮《う》かべるだけは浮《う》かぼうとかたまって船《ふね》の沈《しず》むのを待《ま》っていました。誰《たれ》が投《な》げたかライフブイが一《ひと》つ飛《と》んで来《き》ましたけれども滑《すべ》ってずうっと向《む》こうへ行《い》ってしまいました。私《わたくし》は一生《いっしょう》けん命《めい》で甲板《かんぱん》の格子《こうし》になったとこをはなして、三人《さんにん》それにしっかりとりつきました。どこからともなく［約二字分空白］番《ばん》の声《こえ》があがりました。たちまちみんなはいろいろな国語《こくご》で一《いっ》ぺんにそれをうたいました。そのとき俄《にわ》かに大《おお》きな音《おと》がして私《わたくし》たちは水《みず》に落《お》ちもう渦《うず》に入《はい》ったと思《おも》いながらしっかりこの人《ひと》たちをだいてそれからぼうっとしたと思《おも》ったらもうここへ来《き》ていたのです。この方《かた》たちのお母《かあ》さんは一昨年《おととし》没《な》くなられました。ええボートはきっと助《たす》かったにちがいありません。何《なに》せよほど熟練《じゅくれん》な水夫《すいふ》たちが漕《こ》いですばやく船《ふね》からはなれていましたから。」

そこらから小《ちい》さないのりの声《こえ》が聞《き》こえ、ジョバンニもカムパネルラもいままで忘《わす》れていたいろいろのことをぼんやり思《おも》い出《だ》して眼《め》が熱《あつ》くなりました。

（ああ、その大《おお》きな海《うみ》はパシフィックというのではなかったろうか。その氷山《ひょうざん》の流《なが》れる北《きた》のはての海《うみ》で、小《ちい》さな船《ふね》に乗《の》って、風《かぜ》や凍《こお》りつく潮水《しおみず》や、烈《はげ》しい寒《さむ》さとたたかって、たれかが一生《いっしょう》けんめいはたらいている。ぼくはそのひとにほんとうに気《き》の毒《どく》でそしてすまないような気《き》がする。ぼくはそのひとのさいわいのためにいったいどうしたらいいのだろう。）ジョバンニは首《くび》を垂《た》れて、すっかりふさぎ込《こ》んでしまいました。

「なにがしあわせかわからないです。ほんとうにどんなつらいことでもそれがただしいみちを進《すす》む中《なか》でのできごとなら峠《とうげ》の上《のぼ》りも下《くだ》りもみんなほんとうの幸福《こうふく》に近《ちか》づく一《ひと》あしずつですから。」

燈台守《とうだいもり》がなぐさめていました。

「ああそうです。ただいちばんのさいわいに至《いた》るためにいろいろのかなしみもみんなおぼしめしです。」

青年《せいねん》が祈《いの》るようにそう答《こた》えました。

そしてあの姉弟《きょうだい》はもうつかれてめいめいぐったり席《せき》によりかかって睡《ねむ》っていました。さっきのあのはだしだった足《あし》にはいつか白《しろ》い柔《やわ》らかな靴《くつ》をはいていたのです。

ごとごとごとごと汽車《きしゃ》はきらびやかな燐光《りんこう》の川《かわ》の岸《きし》を進《すす》みました。向《む》こうの方《ほう》の窓《まど》を見《み》ると、野原《のはら》はまるで幻燈《げんとう》のようでした。百《ひゃく》も千《せん》もの大小《だいしょう》さまざまの三角標《さんかくひょう》、その大《おお》きなものの上《うえ》には赤《あか》い点点《てんてん》をうった測量旗《そくりょうき》も見《み》え、野原《のはら》のはてはそれらがいちめん、たくさんたくさん集《あつ》まってぼおっと青白《あおじろ》い霧《きり》のよう、そこからかまたはもっと向《む》こうからかときどきさまざまの形《かたち》のぼんやりした狼煙《のろし》のようなものが、かわるがわるきれいな桔梗《ききょう》いろのそらにうちあげられるのでした。じつにそのすきとおった奇《き》麗《れい》な風《かぜ》は、ばらの匂《におい》でいっぱいでした。

「いかがですか。こういう苹果《りんご》はおはじめてでしょう。」向《む》こうの席《せき》の燈台看守《とうだいかんしゅ》がいつか黄金《きん》と紅《あか》でうつくしくいろどられた大《おお》きな苹果《りんご》を落《お》とさないように両手《りょうて》で膝《ひざ》の上《うえ》にかかえていました。

「おや、どっから来《き》たのですか。立派《りっぱ》ですねえ。ここらではこんな苹果《りんご》ができるのですか。」青年《せいねん》はほんとうにびっくりしたらしく燈台看守《とうだいかんしゅ》の両手《りょうて》にかかえられた一《ひと》もりの苹果《りんご》を眼《め》を細《ほそ》くしたり首《くび》をまげたりしながらわれを忘《わす》れてながめていました。

「いや、まあおとり下《くだ》さい。どうか、まあおとり下《くだ》さい。」

青年《せいねん》は一《ひと》つとってジョバンニたちの方《ほう》をちょっと見《み》ました。

「さあ、向《む》こうの坊《ぼっ》ちゃんがた。いかがですか。おとり下《くだ》さい。」

ジョバンニは坊《ぼっ》ちゃんといわれたのですこししゃくにさわってだまっていましたがカムパネルラは「ありがとう、」と云《い》いました。すると青年《せいねん》は自分《じぶん》でとって一《ひと》つずつ二人《ふたり》に送《おく》ってよこしましたのでジョバンニも立《た》ってありがとうと云《い》いました。

燈台看守《とうだいかんしゅ》はやっと両腕《りょううで》があいたのでこんどは自分《じぶん》で一《ひと》つずつ睡《ねむ》っている姉弟《きょうだい》の膝《ひざ》にそっと置《お》きました。

「どうもありがとう。どこでできるのですか。こんな立派《りっぱ》な苹果《りんご》は。」

青年《せいねん》はつくづく見《み》ながら云《い》いました。

「この辺《へん》ではもちろん農業《のうぎょう》はいたしますけれども大《たい》ていひとりでにいいものができるような約束《やくそく》になって居《お》ります。農業《のうぎょう》だってそんなに骨《ほね》は折《お》れはしません。たいてい自分《じぶん》の望《のぞ》む種子《たね》さえ播《ま》けばひとりでにどんどんできます。米《こめ》だってパシフィック辺《へん》のように殻《から》もないし十倍《じゅうばい》も大《おお》きくて匂《におい》もいいのです。けれどもあなたがたのいらっしゃる方《ほう》なら農業《のうぎょう》はもうありません。苹果《りんご》だってお菓子《かし》だってかすが少《すこ》しもありませんからみんなそのひとそのひとによってちがったわずかのいいかおりになって毛《け》あなからちらけてしまうのです。」

にわかに男《おとこ》の子《こ》がぱっちり眼《め》をあいて云《い》いました。

「ああぼくいまお母《つか》さんの夢《ゆめ》をみていたよ。お母《つか》さんがね立派《りっぱ》な戸棚《とだな》や本《ほん》のあるとこに居《い》てね、ぼくの方《ほう》を見《み》て手《て》をだしてにこにこにこわらったよ。ぼくおっかさん。りんごをひろってきてあげましょうか云《い》ったら眼《め》がさめちゃった。ああここさっきの汽車《きしゃ》のなかだねえ。」

「その苹果《りんご》がそこにあります。このおじさんにいただいたのですよ。」青年《せいねん》が云《い》いました。

「ありがとうおじさん。おや、かおるねえさんまだねてるねえ、ぼくおこしてやろう。ねえさん。ごらん、りんごをもらったよ。おきてごらん。」

姉《あね》はわらって眼《め》をさましまぶしそうに両手《りょうて》を眼《め》にあててそれから苹果《りんご》を見《み》ました。男《おとこ》の子《こ》はまるでパイを喰《た》べるようにもうそれを喰《た》べていました、また折角《せっかく》剝《む》いたそのきれいな皮《かわ》も、くるくるコルク抜《ぬ》きのような形《かたち》になって床《ゆか》へ落《お》ちるまでの間《あいだ》にはすうっと、灰《はい》いろに光《ひか》って蒸発《じょうはつ》してしまうのでした。

二人《ふたり》はりんごを大切《たいせつ》にポケットにしまいました。

川下《かわしも》の向《む》こう岸《ぎし》に青《あお》く茂《しげ》った大《おお》きな林《はやし》が見《み》え、その枝《えだ》には熟《じゅく》してまっ赤《か》に光《ひか》る円《まる》い実《み》がいっぱい、その林《はやし》のまん中《なか》に高《たか》い高《たか》い三角標《さんかくひょう》が立《た》って、森《もり》の中《なか》からはオーケストラベルやジロフォンにまじって何《なん》とも云《い》えずきれいな音《ね》いろが、とけるように浸《し》みるように風《かぜ》につれて流《なが》れて来《く》るのでした。

青年《せいねん》はぞくっとしてからだをふるうようにしました。

だまってその譜《ふ》を聞《き》いていると、そこらにいちめん黄《き》いろやうすい緑《みどり》の明《あか》るい野原《のはら》か敷物《しきもの》かがひろがり、またまっ白《しろ》な蠟《ろう》のような露《つゆ》が太陽《たいよう》の面《めん》を擦《かす》めて行《い》くように思《おも》われました。

「まあ、あの烏《からす》。」カムパネルラのとなりのかおると呼《よ》ばれた女《おんな》の子《こ》が叫《さけ》びました。

「からすでない。みんなかささぎだ。」カムパネルラがまた何気《なにげ》なく叱《しか》るように叫《さけ》びましたので、ジョバンニはまた思《おも》わず笑《わら》い、女《おんな》の子《こ》はきまり悪《わる》そうにしました。まったく河原《かわら》の青《あお》じろいあかりの上《うえ》に、黒《くろ》い鳥《とり》がたくさんたくさんいっぱいに列《れつ》になってとまってじっと川《かわ》の微光《びこう》を受《う》けているのでした。
「かささぎですねえ、頭《あたま》のうしろのとこに毛《け》がぴんと延《の》びてますから。」青年《せいねん》はとりなすように云《い》いました。

向《む》こうの青《あお》い森《もり》の中《なか》の三角標《さんかくひょう》はすっかり汽車《きしゃ》の正面《しょうめん》に来《き》ました。そのとき汽車《きしゃ》のずうっとうしろの方《ほう》からあの聞《き》きなれた［約二字分空白］番《ばん》の讃美歌《さんびか》のふしが聞《き》こえてきました。よほどの人数《にんずう》で合唱《がっしょう》しているらしいのでした。青年《せいねん》はさっと顔《かお》いろが青《あお》ざめ、たって一《いっ》ぺんそっちへ行《い》きそうにしましたが思《おも》いかえしてまた座《すわ》りました。かおる子《こ》はハンケチを顔《かお》にあててしまいました。ジョバンニまで何《なん》だか鼻《はな》が変《へん》になりました。けれどもいつともなく誰《たれ》ともなくその歌《うた》は歌《うた》い出《だ》されだんだんはっきり強《つよ》くなりました。思《おも》わずジョバンニもカムパネルラも一緒《いっしょ》にうたい出《だ》したのです。

そして青《あお》い橄欖《かんらん》の森《もり》が見《み》えない天《あま》の川《がわ》の向《む》こうにさめざめと光《ひか》りながらだんだんうしろの方《ほう》へ行《い》ってしまいそこから流《なが》れて来《く》るあやしい楽器《がっき》の音《おと》ももう汽車《きしゃ》のひびきや風《かぜ》の音《おと》にすり耗《へ》らされてずうっとかすかになりました。
「あ孔雀《くじゃく》が居《い》るよ。」
「ええたくさん居《い》たわ。」女《おんな》の子《こ》がこたえました。

ジョバンニはその小《ちい》さく小《ちい》さくなっていまはもう一《ひと》つの緑《みどり》いろの貝《かい》ぼたんのように見《み》える森《もり》の上《うえ》にさっさっと青《あお》じろく時々《ときどき》光《ひか》ってその孔雀《くじゃく》がはねをひろげたりとじたりする光《ひかり》の反射《はんしゃ》を見《み》ました。
「そうだ、孔雀《くじゃく》の声《こえ》だってさっき聞《き》こえた。」カムパネルラがかおる子《こ》に云《い》いました。
「ええ、三十疋《さんじっぴき》ぐらいはたしかに居《い》たわ。ハープのように聞《き》こえたのはみんな孔雀《くじゃく》よ。」女《おんな》の子《こ》が答《こた》えました。ジョバンニは俄《にわ》かに何《なん》とも云《い》えずかなしい気《き》がして思《おも》わず
「カムパネルラ、ここからはねおりて遊《あそ》んで行《い》こうよ。」とこわい顔《かお》をして云《い》おうとしたくらいでした。

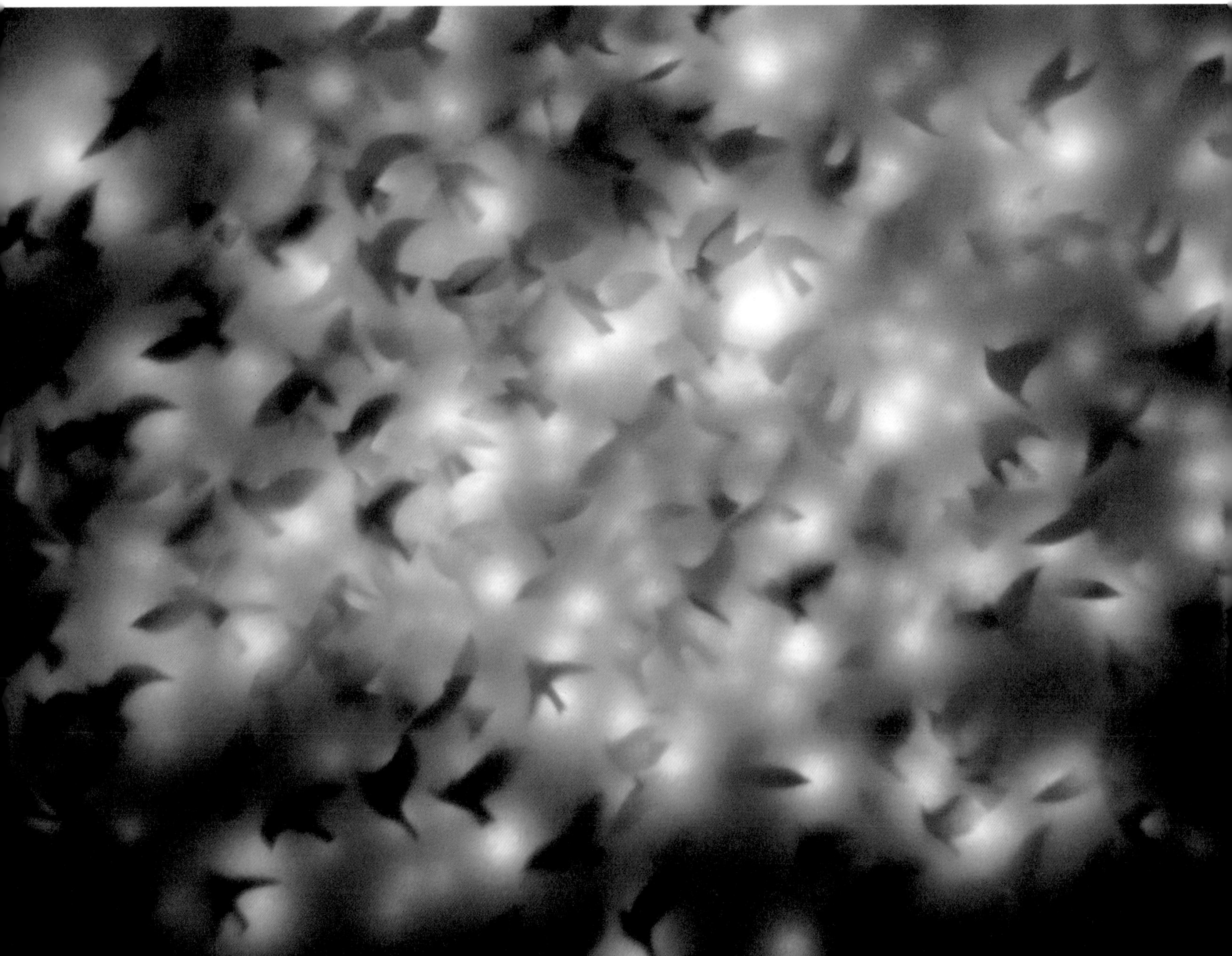

川《かわ》は二《ふた》つにわかれました。そのまっくらな島《しま》のまん中《なか》に高《たか》い高《たか》いやぐらが一《ひと》つ組《く》まれてその上《うえ》に一人《ひとり》の寛《ゆる》い服《ふく》を着《き》て赤《あか》い帽子《ぼうし》をかぶった男《おとこ》が立《た》っていました。そして両手《りょうて》に赤《あか》と青《あお》の旗《はた》をもってそらを見上《みあ》げて信号《しんごう》しているのでした。ジョバンニが見《み》ている間《あいだ》その人《ひと》はしきりに赤《あか》い旗《はた》をふっていましたが俄《にわ》かに赤旗《あかはた》をおろしてうしろにかくすようにし青《あお》い旗《はた》を高《たか》く高《たか》くあげてまるでオーケストラの指《し》揮者《きしゃ》のように烈《はげ》しく振《ふ》りました。すると空中《くうちゅう》にざあっと雨《あめ》のような音《おと》がして何《なに》かまっくらなものがいくかたまりもいくかたまりも鉄砲丸《てっぽうだま》のように川《かわ》の向《む》こうの方《ほう》へ飛《と》んで行《い》くのでした。ジョバンニは思《おも》わず窓《まど》からからだを半分《はんぶん》出《だ》してそっちを見《み》あげました。美《うつく》しい美《うつく》しい桔梗《ききょう》いろのがらんとした空《そら》の下《した》を実《じつ》に何万《なんまん》という小《ちい》さな鳥《とり》どもが幾組《いくくみ》も幾組《いくくみ》もめいめいせわしくせわしく鳴《な》いて通《とお》って行《い》くのでした。

「鳥《とり》が飛《と》んで行《い》くな。」ジョバンニが窓《まど》の外《そと》で云《い》いました。

「どら、」カムパネルラもそらを見《み》ました。そのときあのやぐらの上《うえ》のゆるい服《ふく》の男《おとこ》は俄《にわ》かに赤《あか》い旗《はた》をあげて狂気《きょうき》のようにふりうごかしました。するとぴたっと鳥《とり》の群《むれ》は通《とお》らなくなりそれと同時《どうじ》にぴしゃぁんという潰《つぶ》れたような音《おと》が川下《かわしも》の方《ほう》で起《お》こってそれからしばらくしいんとしました。と思《おも》ったらあの赤帽《あかぼう》の信号手《しんごうしゅ》がまた青《あお》い旗《はた》をふって叫《さけ》んでいたのです。

「いまこそわたれわたり鳥《どり》、いまこそわたれわたり鳥《どり》。」その声《こえ》もはっきり聞《き》こえました。それといっしょにまた幾万《いくまん》という鳥《とり》の群《むれ》がそらをまっすぐにかけたのです。二人《ふたり》の顔《かお》を出《だ》しているまん中《なか》の窓《まど》からあの女《おんな》の子《こ》が顔《かお》を出《だ》して美《うつく》しい頬《ほお》をかがやかせながらそらを仰《あお》ぎました。

「まあ、この鳥《とり》、たくさんですわねえ、あらまあそらのきれいなこと。」女《おんな》の子《こ》はジョバンニにはなしかけましたけれどもジョバンニは生意気《なまいき》ないやだいと思《おも》いながらだまって口《くち》をむすんでそらを見《み》あげていました。女《おんな》の子《こ》は小《ちい》さくほっと息《いき》をしてだまって席《せき》へ戻《もど》りました。カムパネルラが気《き》の毒《どく》そうに窓《まど》から顔《かお》を引《ひ》っ込《こ》めて地図《ちず》を見《み》ていました。

「あの人鳥《ひととり》へ教《おし》えてるんでしょうか。」女《おんな》の子《こ》がそっとカムパネルラにたずねました。

「わたり鳥《どり》へ信号《しんごう》してるんです。きっとどこからかのろしがあがるためでしょう。」カムパネルラが少《すこ》しおぼつかなそうに答《こた》えました。そして車《くるま》の中《なか》はしぃんとなりました。ジョバンニはもう頭《あたま》を引《ひ》っ込《こ》めたかったのですけれども明《あか》るいとこへ顔《かお》を出《だ》すのがつらかったのでだまってこらえてそのまま

立《た》って口笛《くちぶえ》を吹《ふ》いていました。

（どうして僕《ぼく》はこんなにかなしいのだろう。僕《ぼく》はもっとこころもちをきれいに大《おお》きくもたなければいけない。あすこの岸《きし》のずうっと向《む》こうにまるでけむりのような小《ちい》さな青《あお》い火《ひ》が見《み》える。あれはほんとうにしずかでつめたい。僕《ぼく》はあれをよく見《み》てこころもちをしずめるんだ。）ジョバンニは熱《ほて》って痛《いた》いあたまを両手《りょうて》で押《お》さえるようにしてそっちの方《ほう》を見《み》ました。（ああほんとうにどこまでもどこまでも僕《ぼく》といっしょに行《い》くひとはないだろうか。カムパネルラだってあんな女《おんな》の子《こ》とおもしろそうに談《はな》しているし僕《ぼく》はほんとうにつらいなあ。）ジョバンニの眼《め》はまた泪《なみだ》でいっぱいになり天《あま》の川《がわ》もまるで遠《とお》くへ行《い》ったようにぼんやり白《しろ》く見《み》えるだけでした。

そのとき汽車《きしゃ》はだんだん川《かわ》からはなれて崖《がけ》の上《うえ》を通《とお》るようになりました。向《む》こう岸《ぎし》もまた黒《くろ》いいろの崖《がけ》が川《かわ》の岸《きし》を下流《かりゅう》に下《くだ》るにしたがってだんだん高《たか》くなって行《い》くのでした。そしてちらっと大《おお》きなとうもろこしの木《き》を見《み》ました。その葉《は》はぐるぐるに縮《ちぢ》れ葉《は》の下《した》にはもう美《うつく》しい緑《みどり》いろの大《おお》きな苞《ほう》が赤《あか》い毛《け》を吐《は》いて真珠《しんじゅ》のような実《み》もちらっと見《み》えたのでした。それはだんだん数《かず》を増《ま》して来《き》てもういまは列《れつ》のように崖《がけ》と線路《せんろ》との間《あいだ》にならび思《おも》わずジョバンニが窓《まど》から顔《かお》を引《ひ》っ込《こ》めて向《む》こう側《がわ》の窓《まど》を見《み》ましたときは美《うつく》しいそらの野原《のはら》の地平線《ちへいせん》のはてまでその大《おお》きなとうもろこしの木《き》がほとんどいちめんに植《う》えられてさやさや風《かぜ》にゆらぎその立派《りっぱ》なちぢれた葉《は》のさきからはまるでひるの間《あいだ》にいっぱい日光《にっこう》を吸《す》った金剛石《こんごうせき》のように露《つゆ》がいっぱいについて赤《あか》や緑《みどり》やきらきら燃《も》えて光《ひか》っているのでした。カムパネルラが「あれとうもろこしだねえ。」とジョバンニに云《い》いましたけれどもジョバンニはどうしても気持《きもち》がなおりませんでしたから、ただぶっきり棒《ぼう》に野原《のはら》を見《み》たまま「そうだろう。」と答《こた》えました。そのとき汽車《きしゃ》はだんだんしずかになっていくつかのシグナルとてんてつ器《き》の灯《あかり》を過《す》ぎ小《ちい》さな停車場《ていしゃば》にとまりました。

その正面《しょうめん》の青《あお》じろい時計《とけい》はかっきり第二時《だいにじ》を示《しめ》しその振子《ふりこ》は風《かぜ》もなくなり汽車《きしゃ》もうごかずしずかなしずかな野原《のはら》のなかにカチッカチッと正《ただ》しく時《とき》を刻《きざ》んで行《い》くのでした。

そしてまったくその振子《ふりこ》の音《おと》のたえまを遠《とお》くの遠《とお》くの野原《のはら》のはてから、かすかなかすかな旋律《せんりつ》が糸《いと》のように流《なが》れて来《く》るのでした。「新世界交響楽《しんせかいこうきょうがく》だわ。」姉《あね》がひとりごとのようにこっちを見《み》ながらそっと云《い》いました。全《まった》くもう車《くるま》の中《なか》ではあの黒服《くろふく》の丈高《たけたか》い青年《せいねん》も誰《たれ》もみんなやさしい夢《ゆめ》を見《み》ているのでした。

（こんなしずかないいとこで僕《ぼく》はどうしてもっと愉快《ゆかい》になれないだろう。どうしてこんなにひとりさびしいのだろう。けれどもカムパネルラなんかあんまりひどい、僕《ぼく》といっしょに汽車《きしゃ》に乗《の》っていながらまるであんな女《おんな》の子《こ》とばかり談《はな》しているんだもの。僕《ぼく》はほんとうにつらい。）ジョバンニはまた両手《りょうて》で顔《かお》を半分《はんぶん》かくすようにして向《む》こうの窓《まど》のそとを見《み》つめていました。すきとおった硝子《ガラス》のような笛《ふえ》が鳴《な》って汽車《きしゃ》はしずかに動《うご》き出《だ》し、カムパネルラもさびしそうに星《ほし》めぐりの口笛《くちぶえ》を吹《ふ》きました。

「ええ、ええ、もうこの辺《へん》はひどい高原《こうげん》ですから。」うしろの方《ほう》で誰《たれ》かとしよりらしい人《ひと》のいま眼《め》がさめたという風《ふう》ではきはき談《はな》している声《こえ》がしました。

「とうもろこしだって棒《ぼう》で二尺《にしゃく》も孔《あな》をあけておいてそこへ播《ま》かないと生《は》えないんです。」

「そうですか。川《かわ》まではよほどありましょうかねえ、」

「えええええ河《かわ》までは二千尺《にせんじゃく》から六千尺《ろくせんじゃく》あります。もうまるでひどい峡谷《きょうこく》になっているんです。」

そうそうここはコロラドの高原《こうげん》じゃなかったろうか、ジョバンニは思《おも》わずそう思《おも》いました。カムパネルラはまださびしそうにひとり口笛《くちぶえ》を吹《ふ》き、女《おんな》の子《こ》はまるで絹《きぬ》で包《つつ》んだ苹果《りんご》のような顔《かお》いろをしてジョバンニの見《み》る方《ほう》を見《み》ているのでした。突然《とつぜん》とうもろこしがなくなって巨《おお》きな黒《くろ》い野原《のはら》がいっぱいにひらけました。新世界交響楽《しんせかいこうきょうがく》はいよいよはっきり地平線《ちへいせん》のはてから湧《わ》きそのまっ黒《くろ》な野原《のはら》のなかを一人《ひとり》のインデアンが白《しろ》い鳥《とり》の羽根《はね》を頭《あたま》につけたくさんの石《いし》を腕《うで》と胸《むね》にかざり小《ちい》さな弓《ゆみ》に矢《や》を番《つが》えて一目散《いちもくさん》に汽車《きしゃ》を追《お》って来《く》るのでした。

「あら、インデアンですよ。インデアンですよ。ごらんなさい。」

黒服《くろふく》の青年《せいねん》も眼《め》をさましました。ジョバンニもカムパネルラも立《た》ちあがりました。

「走《はし》って来《く》るわ、あら、走《はし》ってくるわ。追《お》いかけているんでしょう。」

「いいえ、汽車《きしゃ》を追《お》ってるんじゃないんですよ。猟《りょう》をするか踊《おど》るかしてるんですよ。」青年《せいねん》はいまどこに居《い》るか忘《わす》れたという

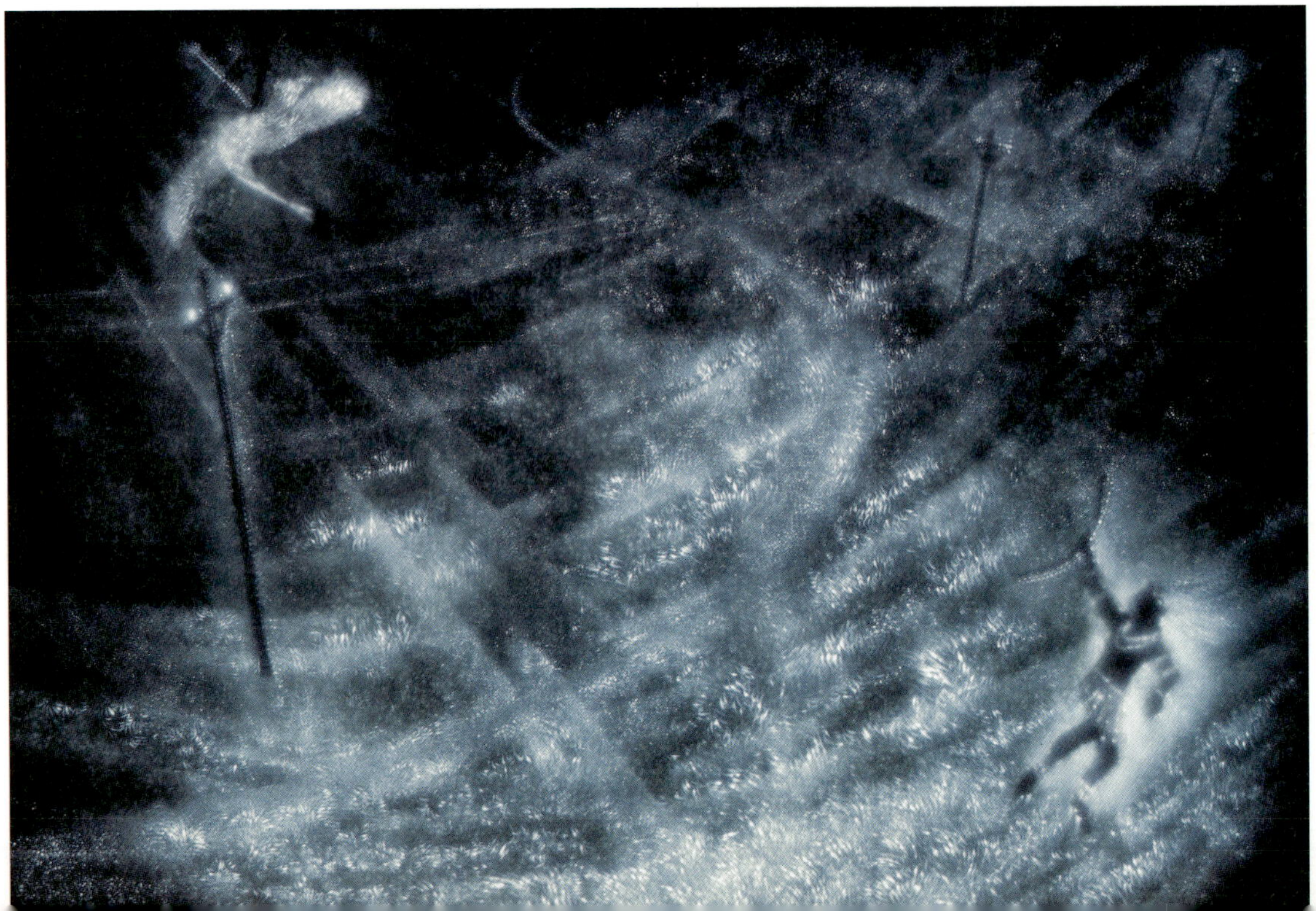

風《ふう》にポケットに手《て》を入《い》れて立《た》ちながら云《い》いました。

まったくインデアンは半分《はんぶん》は踊《おど》っているようでした。第一《だいいち》かけるにしても足《あし》のふみようがもっと経済《けいざい》もとれ本気《ほんき》にもなれそうでした。にわかにくっきり白《しろ》いその羽根《はね》は前《まえ》の方《ほう》へ倒《たお》れるようになりインデアンはぴたっと立《た》ちどまってすばやく弓《ゆみ》を空《そら》にひきました。そこから一《いち》羽《わ》の鶴《つる》がふらふらと落《お》ちて来《き》てまた走《はし》り出《だ》したインデアンの大《おお》きくひろげた両手《りょうて》に落《お》ちこみました。インデアンはうれしそうに立《た》ってわらいました。そしてその鶴《つる》をもってこっちを見《み》ている影《かげ》ももうどんどん小《ちい》さく遠《とお》くなり電《でん》しんばしらの碍子《がいし》がきらっきらっと続《つづ》いて二《ふた》つばかり光《ひか》ってまたとうもろこしの林《はやし》になってしまいました。こっち側《がわ》の窓《まど》を見《み》ますと汽車《きしゃ》はほんとうに高《たか》い高《たか》い崖《がけ》の上《うえ》を走《はし》っていてその谷《たに》の底《そこ》には川《かわ》がやっぱり幅《はば》ひろく明《あか》るく流《なが》れていたのです。

「ええ、もうこの辺《へん》から下《くだ》りです。何《なに》せこんどは一《いっ》ぺんにあの水面《すいめん》までおりて行《い》くんですから容易《ようい》じゃありません。この傾斜《けいしゃ》があるもんですから汽車《きしゃ》は決《けっ》して向《む》こうからこっちへは来《こ》ないんです。そら、もうだんだん早《はや》くなったでしょう。」さっきの老人《ろうじん》らしい声《こえ》が云《い》いました。

どんどんどんどん汽車《きしゃ》は降《お》りて行《い》きました。崖《がけ》のはじに鉄道《てつどう》がかかるときは川《かわ》が明《あか》るく下《した》にのぞけたのです。ジョバンニはだんだんこころもちが明《あか》るくなって来《き》ました。汽車《きしゃ》が小《ちい》さな小《こ》屋《や》の前《まえ》を通《とお》ってその前《まえ》にしょんぼりひとりの子供《こども》が立《た》ってこっちを見《み》ているときなどは思《おも》わずほうと叫《さけ》びました。

どんどんどん汽車《きしゃ》は走《はし》って行《い》きました。室中《へやじゅう》のひとたちは半分《はんぶん》うしろの方《ほう》へ倒《たお》れるようになりながら腰掛《こしかけ》にしっかりしがみついていました。ジョバンニは思《おも》わずカムパネルラとわらいました。もうそして天《あま》の川《がわ》は汽車《きしゃ》のすぐ横手《よこて》をいままでよほど激《はげ》しく流《なが》れて来《き》たらしくときどきちらちら光《ひか》ってながれているのでした。うすあかい河原《かわら》なでしこの花《はな》があちこち咲《さ》いていました。汽車《きしゃ》はようやく落《お》ち着《つ》いたようにゆっくりと走《はし》っていました。

向《む》こうとこっちの岸《きし》に星《ほし》のかたちとつるはしを書《か》いた旗《はた》がたっていました。

「あれ何《なん》の旗《はた》だろうね。」ジョバンニがやっとものを云《い》いました。

「さあ、わからないねえ、地図《ちず》にもないんだもの。鉄《てつ》の舟《ふね》がおいてあるねえ。」

「ああ。」

「橋《はし》を架《か》けるとこじゃないんでしょうか。」女《おんな》の子《こ》が云《い》いました。

「あああれ工兵《こうへい》の旗《はた》だねえ。架橋演習《かきょうえんしゅう》をしてるんだ。けれど兵隊《へいたい》のかたちが見《み》えないねえ。」

その時《とき》向《む》こう岸《ぎし》ちかくの少《すこ》し下流《かりゅう》の方《ほう》で見《み》えない天《あま》の川《がわ》の水《みず》がぎらっと光《ひか》って柱《はしら》のように高《たか》くはねあがりどぉと烈《はげ》しい音《おと》がしました。

「発破《はっぱ》だよ、発破《はっぱ》だよ。」カムパネルラはこおどりしました。

その柱《はしら》のようになった水《みず》は見《み》えなくなり大《おお》きな鮭《さけ》や鱒《ます》がきらっきらっと白《しろ》く腹《はら》を光《ひか》らせて空中《くうちゅう》に抛《ほう》り出《だ》されて円《まる》い輪《わ》を描《えが》いてまた水《みず》に落《お》ちました。ジョバンニはもうはねあがりたいくらい気持《きもち》が軽《かる》くなって云《い》いました。

「空《そら》の工兵大隊《こうへいだいたい》だ。どうだ、鱒《ます》やなんかがまるでこんなになってはねあげられたねえ。僕《ぼく》こんな愉快《ゆかい》な旅《たび》はしたことない。いいねえ。」

「あの鱒《ます》なら近《ちか》くで見《み》たらこれくらいあるねえ、たくさんさかな居《い》るんだな、この水《みず》の中《なか》に。」

「小《ちい》さなお魚《さかな》もいるんでしょうか。」女《おんな》の子《こ》が談《はなし》につり込《こ》まれて云《い》いました。

「居《い》るんでしょう。大《おお》きなのが居《い》るんだから小《ちい》さいのもいるんでしょう。けれど遠《とお》くだからいま小《ちい》さいの見《み》えなかったねえ。」ジョバンニはもうすっかり機嫌《きげん》が直《なお》って面白《おもしろ》そうにわらって女《おんな》の子《こ》に答《こた》えました。

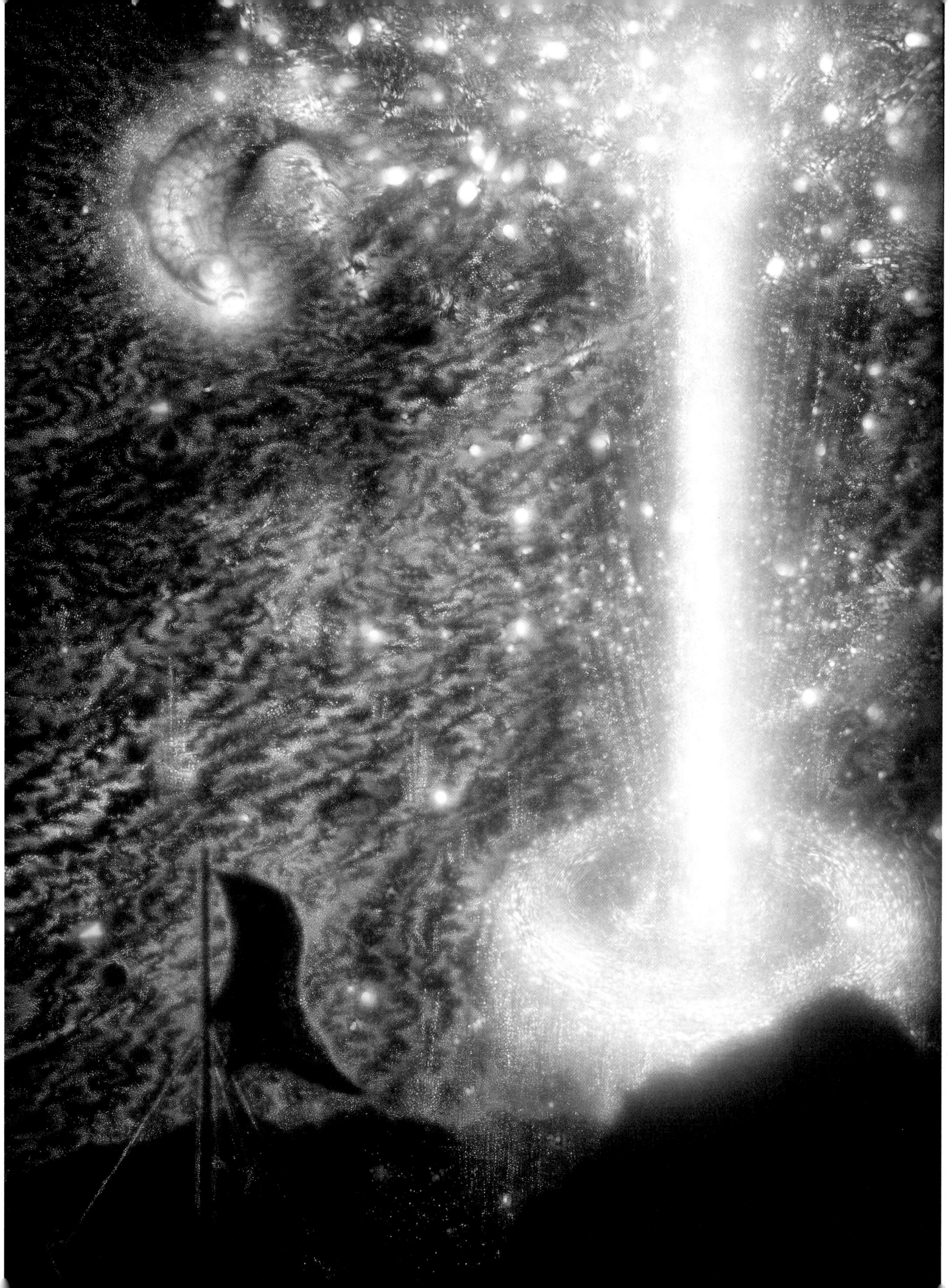

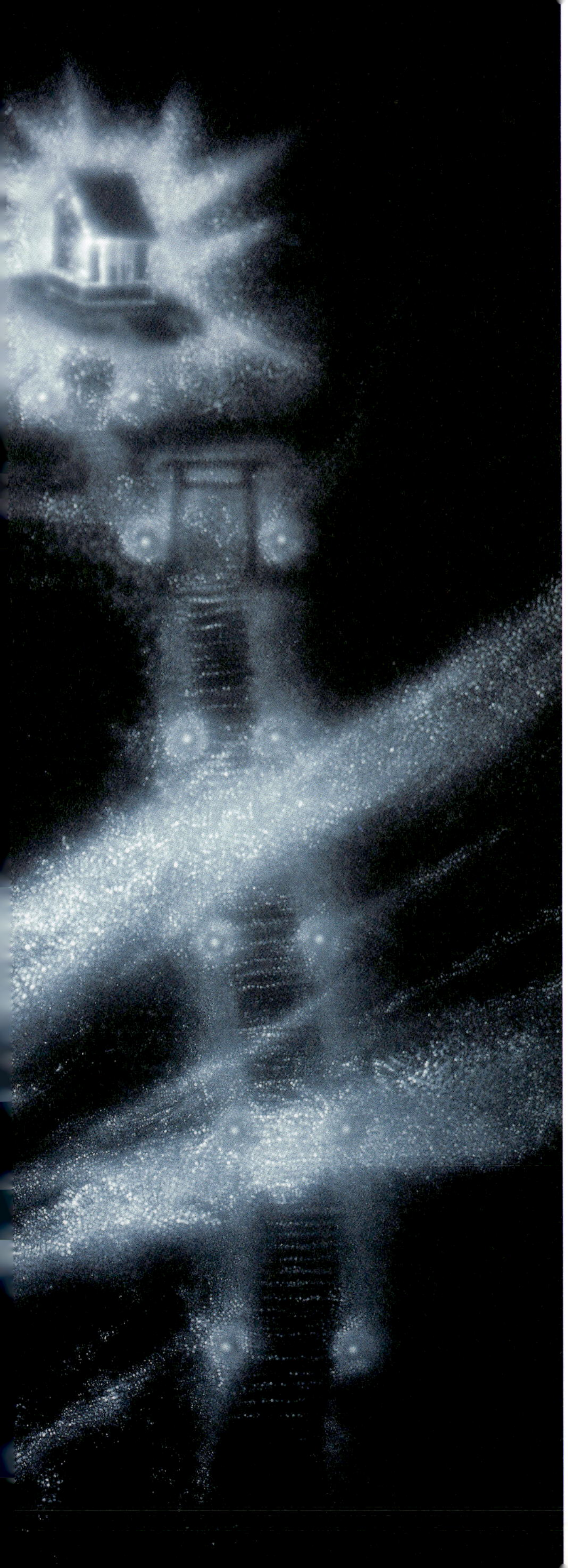

「あれきっと双子《ふたご》のお星《ほし》さまのお宮《みや》だよ。」男《おとこ》の子《こ》がいきなり窓《まど》の外《そと》をさして叫《さけ》びました。

右手《みぎて》の低《ひく》い丘《おか》の上《うえ》に小《ちい》さな水晶《すいしょう》ででもこさえたような二《ふた》つのお宮《みや》がならんで立《た》っていました。

「双子《ふたご》のお星《ほし》さまのお宮《みや》って何《なん》だい。」

「あたし前《まえ》になんべんもお母《っか》さんから聴《き》いたわ。ちゃんと小《ちい》さな水晶《すいしょう》のお宮《みや》で二《ふた》つならんでいるからきっとそうだわ。」

「はなしてごらん。双子《ふたご》のお星《ほし》さまが何《なに》したっての。」

「ぼくも知《し》ってらい。双子《ふたご》のお星《ほし》さまが野原《のはら》へ遊《あそ》びにでてからすと喧嘩《けんか》したんだろう。」

「そうじゃないわよ。あのね、天《あま》の川《がわ》の岸《きし》にね、おっかさんお話《はなし》なすったわ、……」

「それから彗星《ほうきぼし》がギーギーフーギーギーフーて云《い》って来《き》たねえ。」

「いやだわたあちゃんそうじゃないわよ。それはべつの方《ほう》だわ。」

「するとあすこにいま笛《ふえ》を吹《ふ》いて居《い》るんだろうか。」

「いま海《うみ》へ行《い》ってらあ。」

「いけないわよ。もう海《うみ》からあがっていらっしゃったのよ。」

「そうそう。ぼく知《し》ってらあ、ぼくおはなししよう。」

川《かわ》の向《む》こう岸《ぎし》が俄《にわ》かに赤《あか》くなりました。楊《やなぎ》の木《き》や何《なに》かもまっ黒《くろ》にすかし出《だ》され見《み》えない天《あま》の川《がわ》の波《なみ》もときどきちらちら針《はり》のように赤《あか》く光《ひか》りました。まったく向《む》こう岸《ぎし》の野原《のはら》に大《おお》きなまっ赤《か》な火《ひ》が燃《も》されその黒《くろ》いけむりは高《たか》く桔梗《ききょう》いろのつめたそうな天《てん》をも焦《こ》がしそうでした。ルビーよりも赤《あか》くすきとおりリチウムよりもうつくしく酔《よ》ったようになってその火《ひ》は燃《も》えているのでした。

「あれは何《なん》の火《ひ》だろう。あんな赤《あか》く光《ひか》る火《ひ》は何《なに》を燃《も》やせばできるんだろう。」ジョバンニが云《い》いました。

「蝎《さそり》の火《ひ》だな。」カムパネルラが又地図《またちず》と首《くび》っ引《ぴ》きして答《こた》えました。

「あら、蝎《さそり》の火《ひ》のことならあたし知《し》ってるわ。」

「蝎《さそり》の火《ひ》って何《なん》だい。」ジョバンニがききました。

「蝎《さそり》がやけて死《し》んだのよ。その火《ひ》がいまでも燃《も》えてるってあたし何《なん》べんもお父《とう》さんから聴《き》いたわ。」

「蝎《さそり》って、虫《むし》だろう。」

「ええ、蝎《さそり》は虫《むし》よ。だけどいい虫《むし》だわ。」

「蝎《さそり》いい虫《むし》じゃないよ。僕博物館《ぼくはくぶつかん》でアルコールにつけてあるの見《み》た。尾《お》にこんなかぎがあってそれで螫《さ》されると死《し》ぬって先生《せんせい》が云《い》ったよ。」

「そうよ。だけどいい虫《むし》だわ、お父《とう》さん斯《こ》う云《い》ったのよ。むかしバルドラの野原《のはら》に一《いっ》ぴきの蝎《さそり》がいて小《ちい》さな虫《むし》やなんか殺《ころ》してたべて生《い》きていたんですって。するとある日《ひ》いたちに見附《みつ》かって食《た》べられそうになったんですって。さそりは一生《いっしょう》けん命《めい》遁《に》げて遁《に》げたけどとうとういたちに押《お》さえられそうになったわ、そのときいきなり前《まえ》に井戸《いど》があってその中《なか》に落《お》ちてしまったわ、もうどうしてもあがれないでさそりは溺《おぼ》れはじめたのよ。そのときさそりは斯《こ》う云《い》ってお祈《いの》りしたというの、

ああ、わたしはいままでいくつのものの命《いのち》をとったかわからない、そしてその私《わたし》がこんどいたちにとられようとしたときはあんなに一生《いっしょう》けん命《めい》にげた。それでもとうとうこんなになってしまった。ああなんにもあてにならない。どうしてわたしはわたしのからだをだまっていたちに呉《く》れてやらなかったろう。そしたらいたちも一日《いちにち》生《い》きのびたろうに。どうか神《かみ》さま。私《わたし》の心《こころ》をごらん下《くだ》さい。こんなにむなしく命《いのち》をすてずどうかこの次《つぎ》にはまことのみんなの幸《さいわい》のために私《わたし》のからだをおつかい下《くだ》さい。って云《い》ったというの。そしたらいつか蝎《さそり》はじぶんのからだがまっ赤《か》なうつくしい火《ひ》になって燃《も》えてよる

のやみを照《て》らしているのを見《み》たって。いまでも燃《も》えてるってお父《とう》さん仰《おっ》しゃったわ。ほんとうにあの火《ひ》それだわ。」

「そうだ。見《み》たまえ。そこらの三角標《さんかくひょう》はちょうどさそりの形《かたち》にならんでいるよ。」

ジョバンニはまったくその大《おお》きな火《ひ》の向《む》こうに三《みっ》つの三角標《さんかくひょう》がちょうどさそりの腕《うで》のようにこっちに五《いつ》つの三角標《さんかくひょう》がさそりの尾《お》やかぎのようにならんでいるのを見《み》ました。そしてほんとうにそのまっ赤《か》なうつくしいさそりの火《ひ》は音《おと》なくあかるくあかるく燃《も》えたのです。

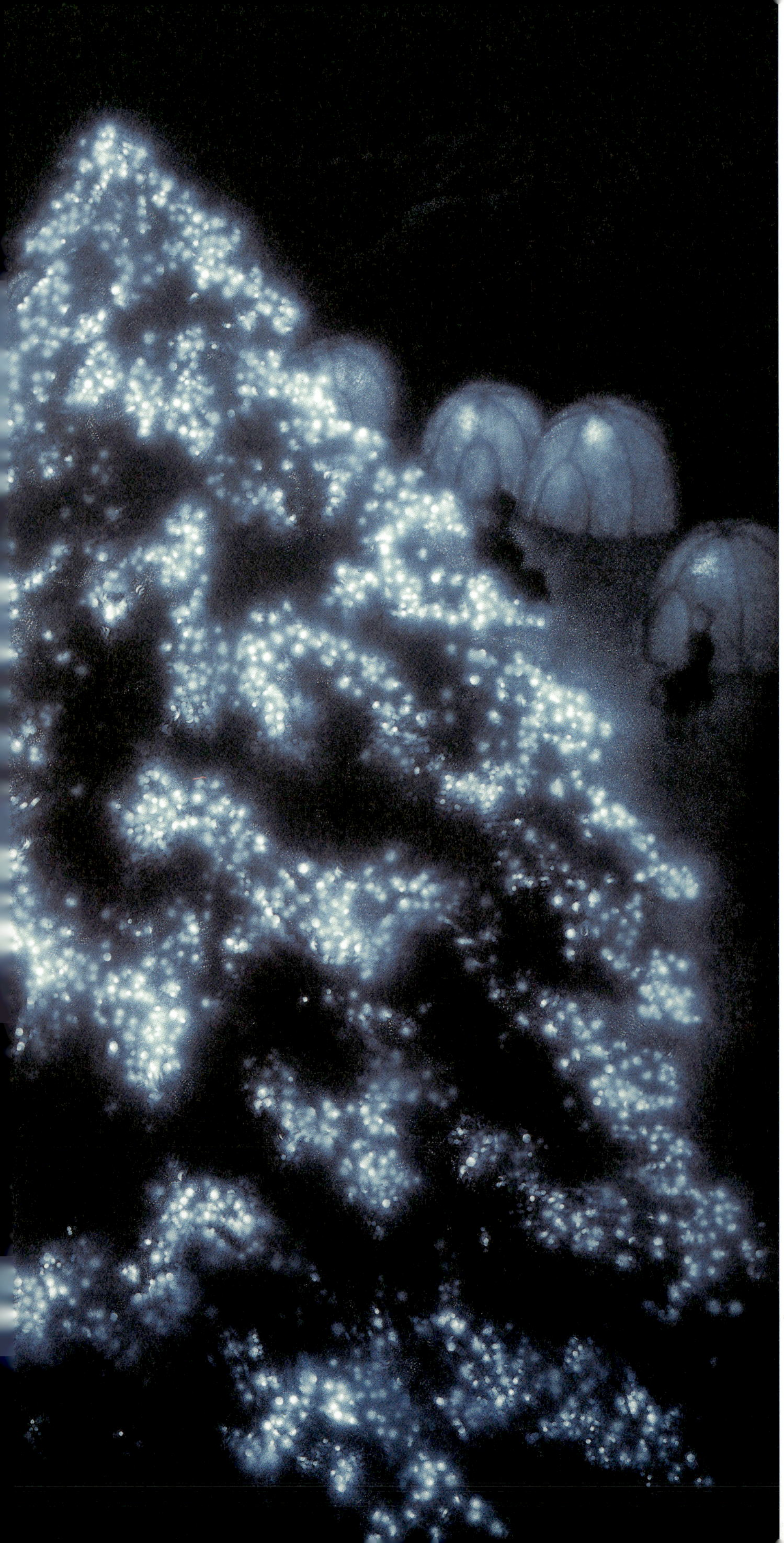

その火《ひ》がだんだんうしろの方《ほう》になるにつれてみんなは何《なん》とも云《い》えずにぎやかなさまざまの楽《がく》の音《ね》や草花《くさばな》の匂《におい》のようなもの口笛《くちぶえ》や人々《ひとびと》のざわざわ云《い》う声《こえ》やらを聞《き》きました。それはもうじきちかくに町《まち》か何《なに》かがあってそこにお祭《まつり》でもあるというような気《き》がするのでした。

「ケンタウル露《つゆ》をふらせ。」いきなりいままで睡《ねむ》っていたジョバンニのとなりの男《おとこ》の子《こ》が向《む》こうの窓《まど》を見《み》ながら叫《さけ》んでいました。

ああそこにはクリスマストリイのようにまっ青《さお》な唐檜《とうひ》かもみの木《き》がたってその中《なか》にはたくさんのたくさんの豆電燈《まめでんとう》がまるで千《せん》の蛍《ほたる》でも集《あつ》まったようについていました。

「ああ、そうだ、今夜《こんや》ケンタウル祭《さい》だねえ。」

「ああ、ここはケンタウルの村《むら》だよ。」カムパネルラがすぐ云《い》いました。

〔以下原稿一枚？なし〕

「ボール投《な》げなら僕決《ぼくけっ》してはずさない。」

男《おとこ》の子《こ》が大威張《おおいば》りで云《い》いました。

「もうじきサウザンクロスです。おりる支度《したく》をして下《くだ》さい。」青年《せいねん》がみんなに云《い》いました。

「僕《ぼく》も少《すこ》し汽車《きしゃ》に乗《の》ってるんだよ。」男《おとこ》の子《こ》が云《い》いました。カムパネルラのとなりの女《おんな》の子《こ》はそわそわ立《た》って支度《したく》をはじめましたけれどもやっぱりジョバンニたちとわかれたくないようなようすでした。

「ここでおりなけぁいけないのです。」青年《せいねん》はきちっと口《くち》を結《むす》んで男《おとこ》の子《こ》を見《み》おろしながら云《い》いました。

「厭《いや》だい。僕《ぼく》もう少《すこ》し汽車《きしゃ》へ乗《の》ってから行《い》くんだい。」

ジョバンニがこらえ兼《か》ねて云《い》いました。

「僕《ぼく》たちと一緒《いっしょ》に乗《の》って行《い》こう。僕《ぼく》たちどこまでだって行《い》ける切符持《きっぷも》ってるんだ。」

「だけどあたしたちもうここで降《お》りなけぁいけないのよ。ここ天上《てんじょう》に行《い》くとこなんだから。」女《おんな》の子《こ》がさびしそうに云《い》いました。

「天上《てんじょう》へなんか行《い》かなくたっていいじゃないか。ぼくたちここで天上《てんじょう》よりももっといいとこをこさえなけぁいけないって僕《ぼく》の先生《せんせい》が云《い》ったよ。」

「だっておっ母《か》さんも行《い》ってらっしゃるし、それに神《かみ》さまが仰《お》っしゃるんだわ。」

「そんな神《かみ》さまうその神《かみ》さまだい。」

「あなたの神《かみ》さまうその神《かみ》さまよ。」

「そうじゃないよ。」

「あなたの神《かみ》さまってどんな神《かみ》さまですか。」青年《せいねん》は笑《わら》いながら云《い》いました。

「ぼくほんとうはよく知《し》りません、けれどもそんなんでなしにほんとうのたった一人《ひとり》の神《かみ》さまです。」

「ほんとうの神《かみ》さまはもちろんたった一人《ひとり》です。」

「ああ、そんなんでなしにたったひとりのほんとうのほんとうの神《かみ》さまです。」

「だからそうじゃありませんか。わたくしはあなた方《がた》がいまにそのほんとうの神《かみ》さまの前《まえ》にわたくしたちとお会《あ》いになることを祈《いの》ります。」青年《せいねん》はつつましく両手《りょうて》を組《く》みました。女《おんな》の子《こ》もちょうどその通《とお》りにしました。みんなほんとうに別《わか》れが惜《お》しそうでその顔《かお》いろも少《すこ》し青《あお》ざめて見《み》えました。ジョバンニはあぶなく声《こえ》をあげて泣《な》き出《だ》そうとしました。

「さあもう仕度《したく》はいいんですか。じきサウザンクロスですから。」

　ああそのときでした。見《み》えない天《あま》の川《がわ》のずうっと川下《かわしも》に青《あお》や橙《だいだい》やもうあらゆる光《ひかり》でちりばめられた十字架《じゅうじか》がまるで一本《いっぽん》の木《き》という風《ふう》に川《かわ》の中《なか》から立《た》ってかがやきその上《うえ》には青《あお》じろい雲《くも》がまるい環《わ》になって后光《ごこう》のようにかかっているのでした。汽車《きしゃ》の中《なか》がまるでざわざわしました。みんなあの北《きた》の十《じゅう》字《じ》のときのようにまっすぐに立《た》ってお祈《いの》りをはじめました。あっちにもこっちにも子供《こども》が瓜《うり》に飛《と》びついたときのようなよろこびの声《こえ》や何《なん》とも云《い》いようない深《ふか》いつつましいためいきの音《おと》ばかりきこえました。そしてだんだん十字架《じゅうじか》が窓《まど》の正面《しょうめん》になりあの苹果《りんご》の肉《にく》のような青《あお》じろい環《わ》の雲《くも》もゆるやかにゆるやかに繞《めぐ》っているのが見《み》えました。

「ハルレヤハルレヤ。」明《あか》るくたのしくみんなの声《こえ》はひびきみんなはそのそらの遠《とお》くからつめたいそらの遠《とお》くからすきとおった何《なん》とも云《い》えずさわやかなラッパの声《こえ》をききました。そしてたくさんのシグナルや電燈《でんとう》の灯《あかり》のなかを汽車《きしゃ》はだんだんゆるやかになりとうとう十字架《じゅうじか》のちょうどま向《む》かいに行《い》ってすっかりとまりました。

「さあ、下《お》りるんですよ。」青年《せいねん》は男《おとこ》の子《こ》の手《て》をひきだんだん向《む》こうの出口《でぐち》の方《ほう》へ歩《ある》き出《だ》しました。

「じゃさよなら。」女《おんな》の子《こ》がふりかえって二人《ふたり》に云《い》いました。

「さよなら。」ジョバンニはまるで泣《な》き出《だ》したいのをこらえて怒《おこ》ったようにぶっきり棒《ぼう》に云《い》いました。女《おんな》の子《こ》はいかにもつらそうに眼《め》を大《おお》きくしても一度《いちど》こっちをふりかえってそれからあとはもうだまって出《で》て行《い》ってしまいました。汽車《きしゃ》の中《なか》はもう半分以上《はんぶんいじょう》も空《あ》いてしまい俄《にわ》かにがらんとしてさびしくなり風《かぜ》がいっぱいに吹《ふ》き込《こ》みました。

　そして見《み》ているとみんなはつつましく列《れつ》を組《く》んであの十字架《じゅうじか》の前《まえ》の天《あま》の川《がわ》のなぎさにひざまずいていました。そしてその見《み》えない天《あま》の川《がわ》の水《みず》をわたってひとりの神々《こうごう》しい白《しろ》いきものの人《ひと》が手《て》をのばしてこっちへ来《く》るのを二人《ふたり》は見《み》ました。けれどもそのときはもう硝子《ガラス》の呼子《よびこ》は鳴《な》らされ汽車《きしゃ》はうごき出《だ》しと思《おも》ううちに銀《ぎん》いろの霧《きり》が川下《かわしも》の方《ほう》からすうっと流《なが》れて来《き》てもうそっちは何《なに》も見《み》えなくなりました。

ただたくさんのくるみの木《き》が葉《は》をさんさんと光《ひか》らしてその霧《きり》の中《なか》に立《た》ち黄金《きん》の円光《えんこう》をもった電気栗鼠《でんきりす》が可愛《かあい》い顔《かお》をその中《なか》からちらちらのぞいているだけでした。

そのときすうっと霧《きり》がはれかかりました。どこかへ行《い》く街道《かいどう》らしく小《ちい》さな電燈《でんとう》の一列《いちれつ》についた通《とお》りがありました。それはしばらく線路《せんろ》に沿《そ》って進《すす》んでいました。そして二人《ふたり》がそのあかしの前《まえ》を通《とお》って行《い》くときはその小《ちい》さな豆《まめ》いろの火《ひ》はちょうど挨拶《あいさつ》でもするようにぽかっと消《き》え二人《ふたり》が過《す》ぎて行《い》くときまた点《つ》くのでした。

ふりかえって見《み》るとさっきの十字架《じゅうじか》はすっかり小《ちい》さくなってしまいほんとうにもうそのまま胸《むね》にも吊《つ》るされそうになり、さっきの女《おんな》の子《こ》や青年《せいねん》たちがその前《まえ》の白《しろ》い渚《なぎさ》にまだひざまずいているのかそれともどこか方角《ほうがく》もわからないその天上《てんじょう》へ行《い》ったのかぼんやりして見分《みわ》けられませんでした。

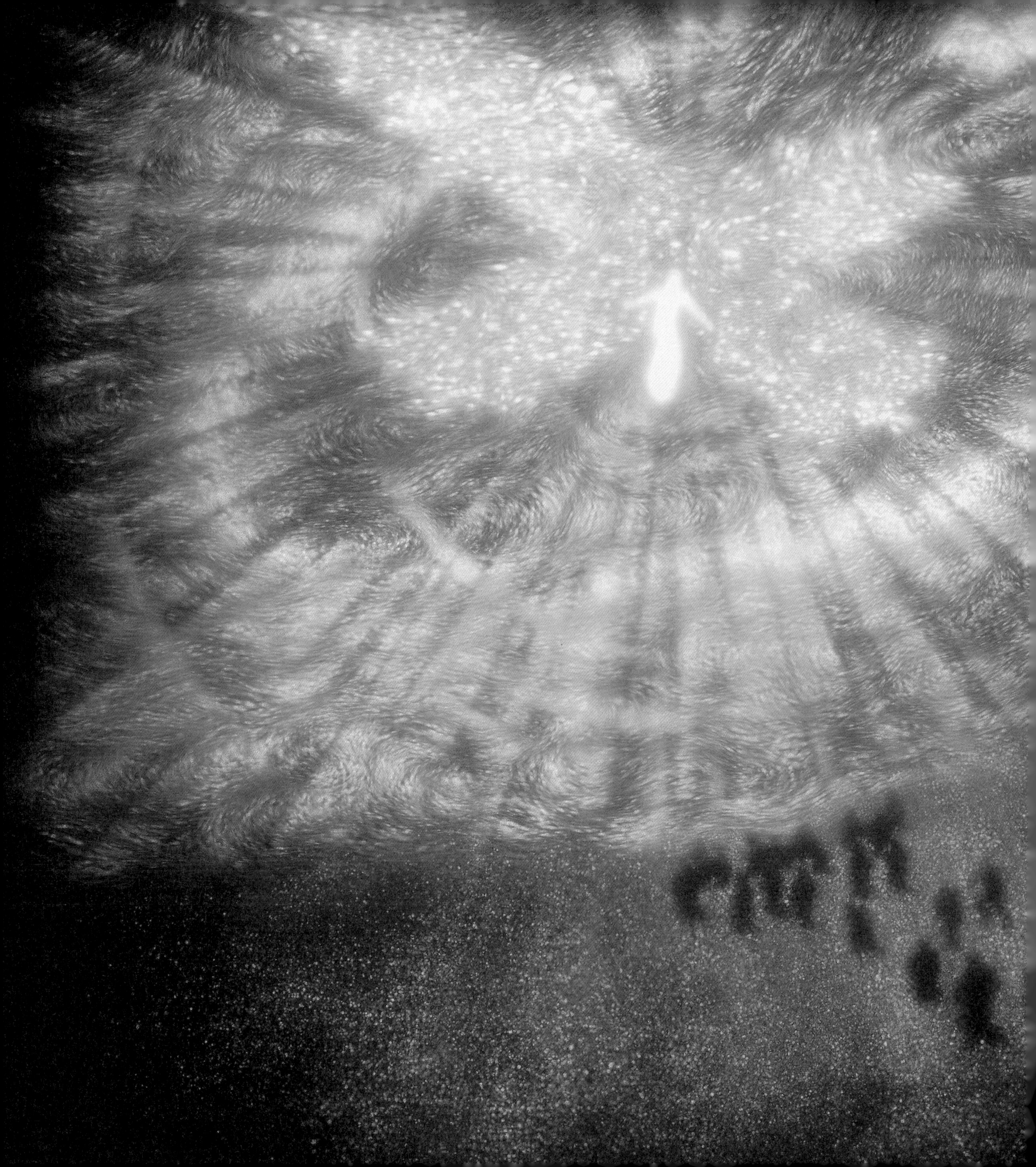

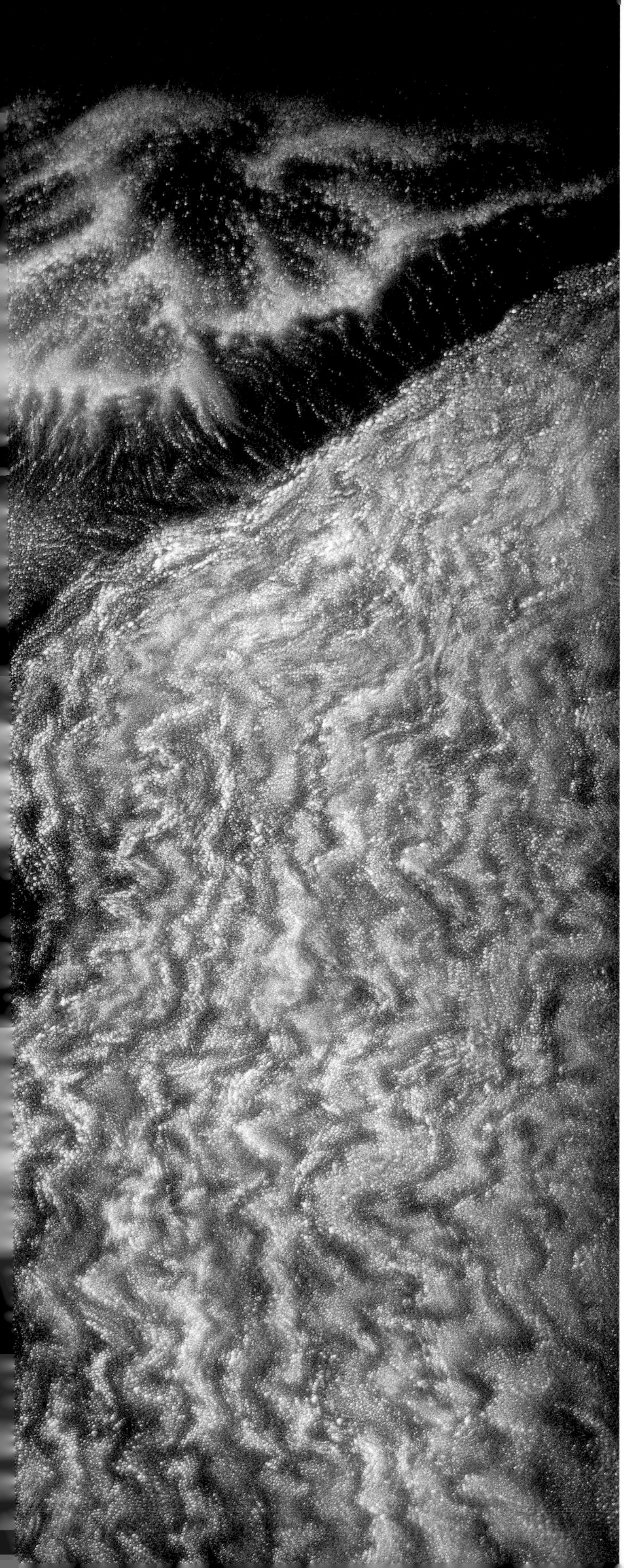

ジョバンニはああと深《ふか》く息《いき》をしました。

「カムパネルラ、また僕《ぼく》たち二人《ふたり》きりになったねえ、どこまでもどこまでも一緒《いっしょ》に行《い》こう。僕《ぼく》はもうあのさそりのようにほんとうにみんなの幸《さいわい》のためならば僕《ぼく》のからだなんか百《ひゃっ》ぺん灼《や》いてもかまわない。」

「うん。僕《ぼく》だってそうだ。」カムパネルラの眼《め》にはきれいな涙《なみだ》がうかんでいました。

「けれどもほんとうのさいわいは一体《いったい》何《なん》だろう。」ジョバンニが云《い》いました。

「僕《ぼく》わからない。」カムパネルラがぼんやり云《い》いました。

「僕《ぼく》たちしっかりやろうねえ。」ジョバンニが胸《むね》いっぱい新《あたら》しい力《ちから》が湧《わ》くようにふうと息《いき》をしながら云《い》いました。

「あ、あすこ石炭袋《せきたんぶくろ》だよ。そらの孔《あな》だよ。」カムパネルラが少《すこ》しそっちを避《さ》けるようにしながら天《あま》の川《がわ》のひとところを指《ゆび》さしました。ジョバンニはそっちを見《み》てまるでぎくっとしてしまいました。天《あま》の川《がわ》の一《ひと》とこに大《おお》きなまっくらな孔《あな》がどほんとあいているのです。その底《そこ》がどれほど深《ふか》いかその奥《おく》に何《なに》があるかいくら眼《め》をこすってのぞいてもなんにも見《み》えずただ眼《め》がしんしんと痛《いた》むのでした。ジョバンニが云《い》いました。

「僕《ぼく》もうあんな大《おお》きな暗《やみ》の中《なか》だってこわくない。きっとみんなのほんとうのさいわいをさがしに行《い》く。どこまでもどこまでも僕《ぼく》たち一緒《いっしょ》に進《すす》んで行《い》こう。」

「ああきっと行《い》くよ。ああ、あすこの野原《のはら》はなんてきれいだろう。みんな集《あつ》まってるねえ。あすこがほんとうの天上《てんじょう》なんだ。あっあすこにいるのぼくのお母《かあ》さんだよ。」カムパネルラは俄《にわ》かに窓《まど》の遠《とお》くに見《み》えるきれいな野原《のはら》を指《さ》して叫《さけ》びました。

ジョバンニもそっちを見《み》ましたけれどもそこはぼんやり白《しろ》くけむっているばかりどうしてもカムパネルラが云《い》ったように思《おも》われませんでした。何《なん》とも云《い》えずさびしい気《き》がしてぼんやりそっちを見《み》ていましたら向《む》こうの河岸《かわぎし》に二本《にほん》の電信《でんしん》ばしらが丁度《ちょうど》両方《りょうほう》から腕《うで》を組《く》んだように赤《あか》い腕木《うでぎ》をつらねて立《た》っていました。

「カムパネルラ、僕《ぼく》たち一緒《いっしょ》に行《い》こうねえ。」ジョバンニが斯《こ》う云《い》いながらふりかえって見《み》ましたらそのいままでカムパネルラの座《すわ》っていた席《せき》にもうカムパネルラの形《かたち》は見《み》えずただ黒《くろ》いびろうどばかりひかっていました。ジョバンニはまるで鉄砲丸《てっぽうだま》のように立《た》ちあがりました。そして誰《たれ》にも聞《き》こえないように窓《まど》の外《そと》へからだを乗《の》り出《だ》して力《ちから》いっぱいはげしく胸《むね》をうって叫《さけ》びそれからもう咽喉《のど》いっぱい泣《な》きだしました。もうそこらが一《いっ》ぺんにまっくらになったように思《おも》いました。

ジョバンニは眼《め》をひらきました。もとの丘《おか》の草《くさ》の中《なか》につかれてねむっていたのでした。胸《むね》は何《なん》だかおかしく熱《ほて》り頬《ほお》にはつめたい涙《なみだ》がながれていました。

ジョバンニはばねのようにはね起《お》きました。町《まち》はすっかりさっきの通《とお》りに下《した》でたくさんの灯《あかり》を綴《つづ》ってはいましたがその光《ひかり》はなんだかさっきよりは熱《じゅく》したという風《ふう》でした。そしてたったいま夢《ゆめ》であるいた天《あま》の川《がわ》もやっぱりさっきの通《とお》りに白《しろ》くぼんやりかかりまっ黒《くろ》な南《みなみ》の地平線《ちへいせん》の上《うえ》では殊《こと》にけむったようになってその右《みぎ》には蠍座《さそりざ》の赤《あか》い星《ほし》がうつくしくきらめき、そらぜんたいの位置《いち》はそんなに変《か》わってもいないようでした。

ジョバンニは一《いっ》さんに丘《おか》を走《はし》って下《くだ》りました。まだ夕《ゆう》ごはんをたべないで待《ま》っているお母《かあ》さんのことが胸《むね》いっぱいに思《おも》いだされたのです。

どんどん黒《くろ》い松《まつ》の林《はやし》の中《なか》を通《とお》ってそれからほの白《じろ》い牧場《ぼくじょう》の柵《さく》をまわってさっきの入口《いりぐち》から暗《くら》い牛舎《ぎゅうしゃ》の前《まえ》へまた来《き》ました。そこには誰《たれ》かがいま帰《かえ》ったらしくさっきなかった一《ひと》つの車《くるま》が何《なに》かの樽《たる》を二《ふた》つ乗《の》っけて置《お》いてありました。

「今晩《こんばん》は、」ジョバンニは叫《さけ》びました。

「はい。」白《しろ》い太《ふと》いずぼんをはいた人《ひと》がすぐ出《で》て来《き》て立《た》ちました。

「何《なん》のご用《よう》ですか。」

「今日《きょう》牛乳《ぎゅうにゅう》がぼくのところへ来《こ》なかったのですが。」

「あ済《す》みませんでした。」その人《ひと》はすぐ奥《おく》へ行《い》って一本《いっぽん》の牛乳瓶《ぎゅうにゅうびん》をもって来《き》てジョバンニに渡《わた》しながらまた云《い》いました。

「ほんとうに、済《す》みませんでした。今日《きょう》はひるすぎうっかりしてこうしの柵《さく》をあけて置《お》いたもんですから大将《たいしょう》早速《さっそく》親牛《おやうし》のところへ行《い》って半分《はんぶん》ばかり呑《の》んでしまいましてね……」その人《ひと》はわらいました。

「そうですか。ではいただいて行《い》きます。」

「ええ、どうも済《す》みませんでした。」

「いいえ。」

ジョバンニはまだ熱《あつ》い乳《ちち》の瓶《びん》を両方《りょうほう》のてのひらで包《つつ》むようにもって牧場《ぼくじょう》の柵《さく》を出《で》ました。

そしてしばらく木《き》のある町《まち》を通《とお》って大通《おおどお》りへ出《で》てまたしばらく行《い》きますとみちは十文字《じゅうもんじ》になってその右手《みぎて》の方《ほう》、通《とお》りのはずれにさっきカムパネルラたちのあかりを流《なが》しに行《い》った川《かわ》へかかった大《おお》きな橋《はし》のやぐらが夜《よる》のそらにぼんやり立《た》っていました。

ところがその十字《じゅうじ》になった町《まち》かどや店《みせ》の前《まえ》に女《おんな》たちが七八人《しちはちにん》ぐらいずつ集《あつ》まって橋《はし》の方《ほう》を見《み》ながら何《なに》かひそひそ談《はな》しているのです。それから橋《はし》の上《うえ》にもいろいろなあかりがいっぱいなのでした。

ジョバンニはなぜかさあっと胸《むね》が冷《つめ》たくなったように思《おも》いました。そしていきなり近《ちか》くの人《ひと》たちへ

「何《なに》かあったんですか。」と叫《さけ》ぶようにききました。

「こどもが水《みず》へ落《お》ちたんですよ。」一人《ひとり》が云《い》いますとその人《ひと》たちは一斉《いっせい》にジョバンニの方《ほう》を見《み》ました。

ジョバンニはまるで夢中《むちゅう》で橋《はし》の方《ほう》へ走《はし》りました。橋《はし》の上《うえ》は人《ひと》でいっぱいで河《かわ》が見《み》えませんでした。白《しろ》い

服《ふく》を着《き》た巡査《じゅんさ》も出《で》ていました。

ジョバンニは橋《はし》の袂《たもと》から飛《と》ぶように下《した》の広《ひろ》い河原《かわら》へおりました。

その河原《かわら》の水際《みずぎわ》に沿《そ》ってたくさんのあかりがせわしくのぼったり下《くだ》ったりしていました。向《む》こう岸《ぎし》の暗《くら》いどてにも火《ひ》が七《なな》つ八《やっ》つうごいていました。そのまん中《なか》をもう烏瓜《からすうり》のあかりもない川《かわ》が、わずかに音《おと》をたてて灰《はい》いろにしずかに流《なが》れていたのでした。

河原《かわら》のいちばん下流《かりゅう》の方《ほう》へ洲《す》のようになって出《で》たところに人《ひと》の集《あつま》りがくっきりまっ黒《くろ》に立《た》っていました。ジョバンニはどんどんそっちへ走《はし》りました。するとジョバンニはいきなりさっきカムパネルラといっしょだったマルソに会《あ》いました。マルソがジョバンニに走《はし》り寄《よ》ってきました。

「ジョバンニ、カムパネルラが川《かわ》へはいったよ。」

「どうして、いつ。」

「ザネリがね、舟《ふね》の上《うえ》から烏《からす》うりのあかりを水《みず》の流《なが》れる方《ほう》へ押《お》してやろうとしたんだ。そのとき舟《ふね》がゆれたもんだから水《みず》へ落《お》っこったろう。するとカムパネルラがすぐ飛《と》びこんだんだ。そしてザネリを舟《ふね》の方《ほう》へ押《お》してよこした。ザネリはカトウにつかまった。けれどもあとカムパネルラが見《み》えないんだ。」

「みんな探《さが》してるんだろう。」

「ああすぐみんな来《き》た。カムパネルラのお父《とう》さんも来《き》た。けれども見附《みつ》からないんだ。ザネリはうちへ連《つ》れられてった。」

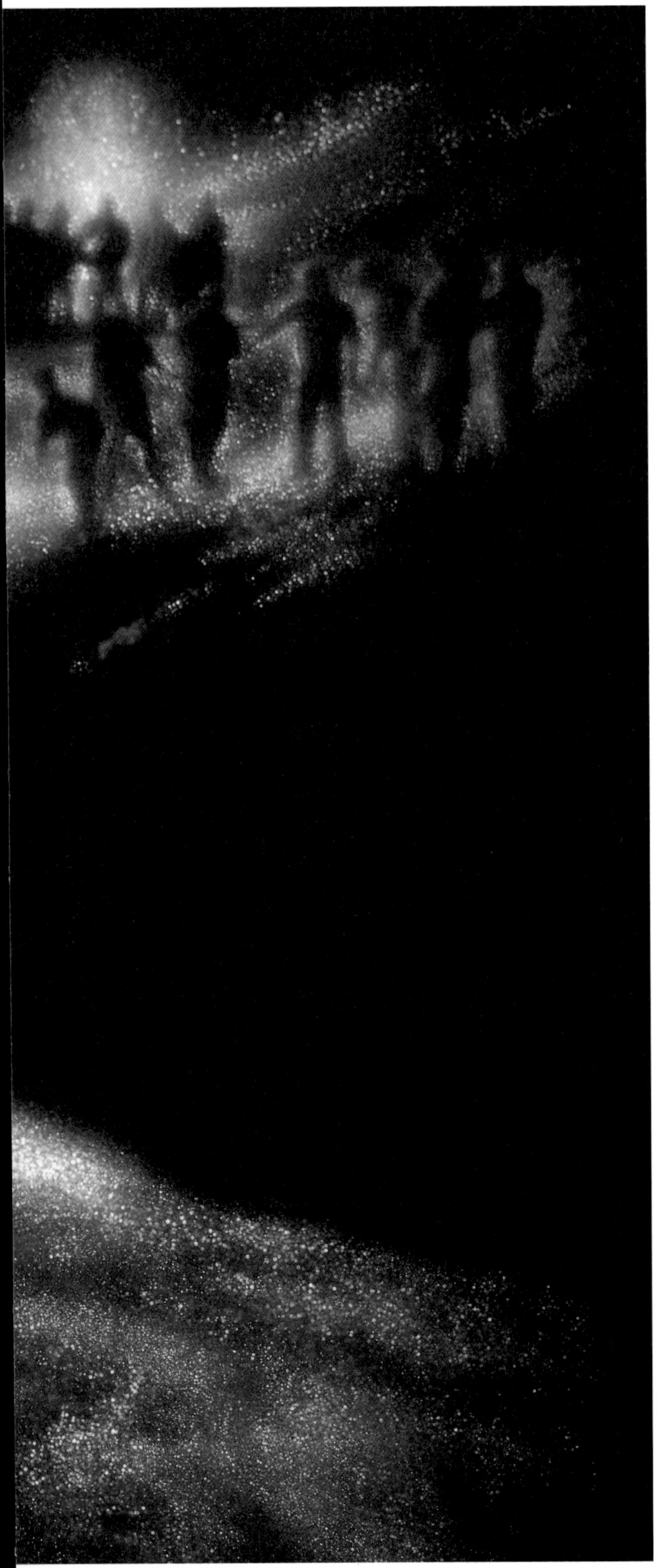

ジョバンニはみんなの居《い》るそっちの方《ほう》へ行《い》きました。そこに学生《がくせい》たち町《まち》の人《ひと》たちに囲《かこ》まれて青《あお》じろい尖《とが》ったあごをしたカムパネルラのお父《とう》さんが黒《くろ》い服《ふく》を着《き》てまっすぐに立《た》って右手《みぎて》に持《も》った時計《とけい》をじっと見《み》つめていたのです。

みんなもじっと河《かわ》を見《み》ていました。誰《たれ》も一言《ひとこと》も物《もの》を云《い》う人《ひと》もありませんでした。ジョバンニはわくわくわくわく足《あし》がふるえました。魚《さかな》をとるときのアセチレンランプがたくさんせわしく行《い》ったり来《き》たりして黒《くろ》い川《かわ》の水《みず》はちらちら小《ちい》さな波《なみ》をたてて流《なが》れているのが見《み》えるのでした。

下流《かりゅう》の方《ほう》は川《かわ》はば一《いっ》ぱい銀河《ぎんが》が巨《おお》きく写《うつ》ってまるで水《みず》のないそのままのそらのように見《み》えました。

ジョバンニはそのカムパネルラはもうあの銀河《ぎんが》のはずれにしかいないというような気《き》がしてしかたなかったのです。

けれどもみんなはまだ、どこかの波《なみ》の間《あいだ》から、

「ぼくずいぶん泳《およ》いだぞ。」と云《い》いながらカムパネルラが出《で》て来《く》るか或《ある》いはカムパネルラがどこかの人《ひと》の知《し》らない洲《す》にでも着《つ》いて立《た》っていて誰《たれ》かの来《く》るのを待《ま》っているかというような気《き》がして仕方《しかた》ないらしいのでした。

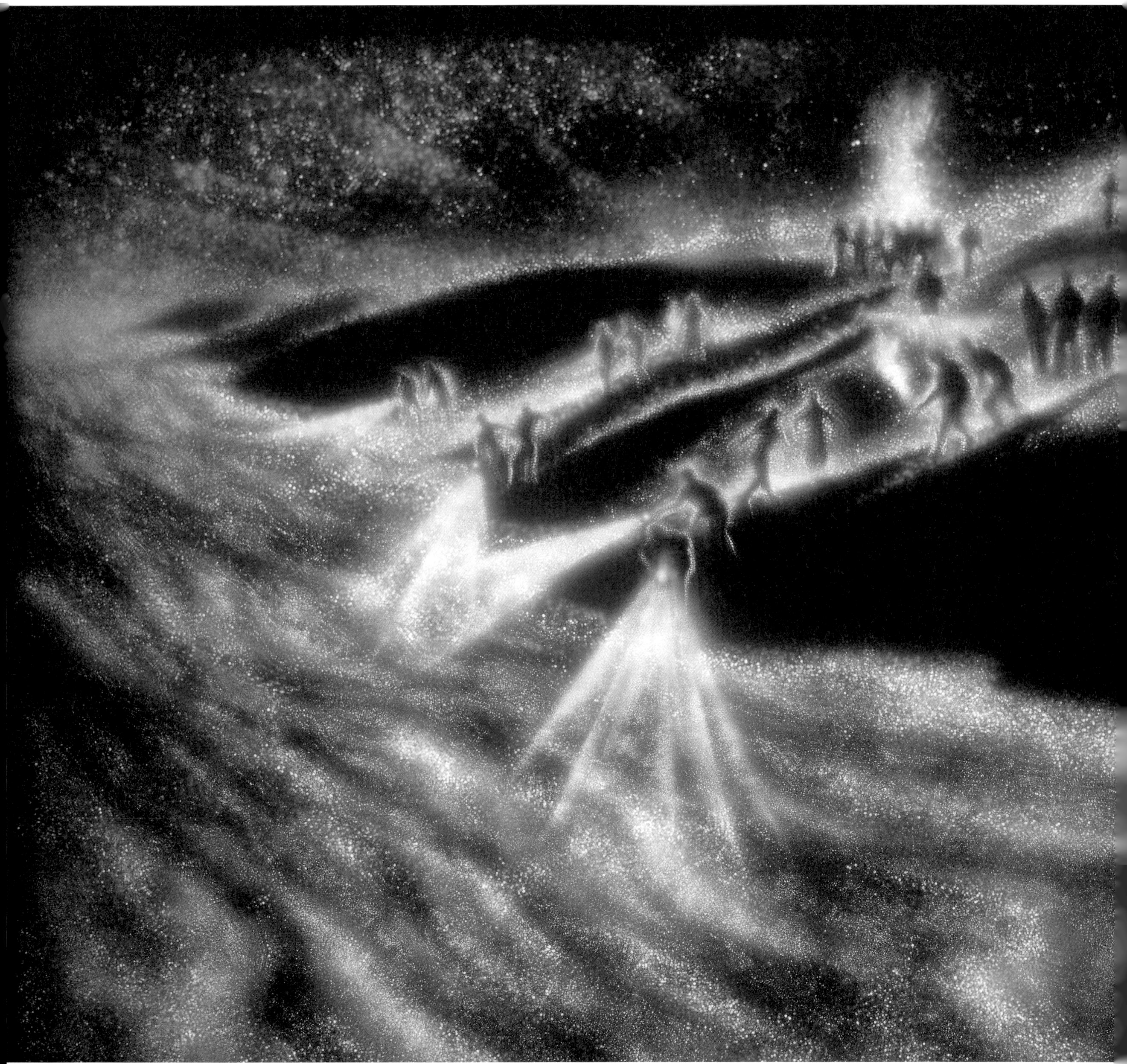

けれども俄《にわ》かにカムパネルラのお父《とう》さんがきっぱり云《い》いました。

「もう駄目《だめ》です。落《お》ちてから四十五分《よんじゅうごふん》たちましたから。」

ジョバンニは思《おも》わずかけよって博士《はかせ》の前《まえ》に立《た》って、ぼくはカムパネルラの行《い》った方《ほう》を知《し》っていますぼくはカムパネルラといっしょに歩《ある》いていたのですと云《い》おうとしましたがもうのどがつまって何《なん》とも云《い》えませんでした。すると博士《はかせ》はジョバンニが挨拶《あいさつ》に来《き》たとでも思《おも》ったものですか、しばらくしげしげジョバンニを見《み》ていましたが
「あなたはジョバンニさんでしたね。どうも今晩《こんばん》はありがとう。」と叮《てい》ねいに云《い》いました。

ジョバンニは何《なに》も云《い》えずにただおじぎをしました。

「あなたのお父《とう》さんはもう帰《かえ》っていますか。」博士《はかせ》は堅《かた》く時計《とけい》を握《にぎ》ったまままたききました。

「いいえ。」ジョバンニはかすかに頭《あたま》をふりました。

「どうしたのかなあ、ぼくには一昨日《おととい》大《たい》へん元気《げんき》な便《たよ》りがあったんだが。今日《きょう》あたりもう着《つ》くころなんだが。船《ふね》が遅《おく》れたんだな。ジョバンニさん。あした放課后《ほうかご》みなさんとうちへ遊《あそ》びに来《き》てくださいね。」

そう云《い》いながら博士《はかせ》はまた川下《かわしも》の銀河《ぎんが》のいっぱいにうつった方《ほう》へじっと眼《め》を送《おく》りました。

ジョバンニはもういろいろなことで胸《むね》がいっぱいで
なんにも云《い》えずに博士《はかせ》の前《まえ》をはなれて
早《はや》くお母《かあ》さんに牛乳《ぎゅうにゅう》を持《も》って行《い》って
お父《とう》さんの帰《かえ》ることを知《し》らせようと思《おも》うと